2020年主题出版重点出版物

国家出版基金2021年专项主题出版项目

“十四五”时期国家重点图书、音像、电子出版物出版规划

中国作家协会脱贫攻坚题材报告文学创作工程

向人民报告——中国脱贫攻坚报告文学丛书

天津市重点出版扶持项目

江山如此多娇

欧阳黔森 ◎著

天津出版传媒集团
百花文艺出版社

图书在版编目（CIP）数据

江山如此多娇 / 欧阳黔森著. -- 天津 : 百花文艺出版社, 2021.3(2021.9 重印)
(向人民报告 : 中国脱贫攻坚报告文学丛书)
ISBN 978-7-5306-7988-3

Ⅰ. ①江… Ⅱ. ①欧… Ⅲ. ①报告文学-中国-当代 Ⅳ. ①I25

中国版本图书馆 CIP 数据核字(2021)第 033257 号

江山如此多娇
JIANGSHANRUCIDUOJIAO
欧阳黔森　著

出 版 人：薛印胜　　**选题策划：**汪惠仁
责任编辑：徐福伟　齐红霞　　**装帧设计：**郭亚红
出版发行：百花文艺出版社
地址：天津市和平区西康路 35 号　**邮编：**300051
电话传真：+86-22-23332651（发行部）
+86-22-23332656（总编室）
+86-22-23332478（邮购部）
网址：http://www.baihuawenyi.com
印刷：天津新华印务有限公司
开本：710×1000 毫米　1/16
字数：120 千字
印张：11.75
版次：2021 年 3 月第 1 版
印次：2021 年 9 月第 3 次印刷
印数：31001-34000 册
定价：40.00元

如有印装质量问题，请与天津新华印务有限公司联系调换
地址：天津东丽开发区五经路 23 号
电话：(022)58160306
邮编：300300

目　录

第一章　报得三春晖

这风这雨，千万年的溶蚀和侵染，剥落出你的瘦骨嶙峋；这天这地，亿万年的隆起与沉陷，构筑了你的万峰成林。这段文字是我对乌蒙山脉地区的最初印象。有了这样的印象，我在长篇小说《绝地逢生》的扉页便写下了这样的文字：美丽，但极度贫困，这是喀斯特严重石漠化地貌的典型特征，被联合国教科文组织列为“不适合人类居住的地方”。

当年写下这样的文字，无疑是需要勇气的，这勇气来自我多年来深入乌蒙山脉腹地走村过寨的经历。我只要举一个例子，你就知道什么叫“严重石漠化地貌”，什么叫“不适合人类居住的地方”。当年包产到户，有一户人家分了十八块地，最大的一块还不到三分，其余的散落在沟沟湾湾之间，真是七零八落。在这一带，土地和人命是相连的，这家人当然要把自己的地扒拉清楚，但是数了半天，也就只有十七块地，正疑惑时，儿子捡起爸爸的草帽，草帽下石旮旯中碗大的一块地显现出来，父亲高兴地说："找到了，找到了，就这块地，别看它小，也可以种一棵苞谷哩。"这个故事在乌蒙山区谁都知道。二〇〇〇年我在乌蒙山区采风后，曾以这个故事为素材，写作发表过中篇小说《八棵苞谷》。这个故事讲的是越生越垦、越垦越荒会造成人口得不到有效控制、生态严重失衡的恶果。

乌蒙山脉，山高谷深、万峰成林，毛主席曾写下一首脍炙人口的诗《七律·长征》，其中一句"乌蒙磅礴走泥丸"就是对这里形象的写照。这是一块红色的土地，中国工农红军二、六军团曾在这里建立了"黔大毕革命根据地"，其经典的战斗"将军山阻击战""乌蒙山回旋战"，在军史上有着崇高的地位。我在创作长篇小说《雄关漫道》和同名电视剧剧本时，曾在《中国工农红军第二方面军战史》上看到：三军会师后，一九三六年十一月，毛主席在陕北保安会见红二、四方面军部分领导同志时，高度赞扬了贺龙、任弼时领导的红二方面军在长征中为革命保存了大量有生力量，他说："二、六军团在乌蒙山打转转，不要说敌人，连我们也被你们转昏了头，硬是转出来了嘛！出贵州，过乌江，我们付出了大代价，二、六军团讨了巧，就没有吃亏。你们一万人，走过来还是一万人，没有蚀本，是个了不起的奇迹，是一个大经验，要总结，要大家学。"

其实，熟悉军史的人都知道，红二方面军在整个长征过程中付出了巨大的代价，共减员一万余人。为什么到达陕北还有一万余人？据相关资料，二、六军团曾在贵州黔东地区扩红三千余人，在地处乌蒙山区腹地的"黔大毕"扩红五千余人，可以说，乌蒙山区的人民为中国革命做出了卓越的贡献。

二〇〇九年三月五日，根据我的长篇小说《绝地逢生》改编的同名电视连续剧，于全国人民代表大会开幕当天在央视一套黄金时间播出，引起广泛关注。《绝地逢生》取材于贵州省的乌蒙山区，这里山多地少，是我国石漠化最严重的地区。长期以来，党和国家在这里倾注了大量的人力、物力、财力。一次次的救济和扶贫，使当地居民探寻到一条人与自然和谐发展的道路，开始摆脱穷困的命运。

然而，乌蒙山区群众并未完全摆脱穷困的命运。二〇一七年十月中旬，我再次来到乌蒙山区腹地深入生活，得知地处乌蒙山区腹地的毕节市还有贫困人口七十二万四千五百人。看到一份份为贫困群众建档立卡的材料时，我非常惊讶，它们精准到户、人，精准到因为什么而贫，精准到因人因户不同而采取不同的脱贫举措……我不得不信服。我立刻动身，前往地处乌蒙山屋脊的赫章县海雀村进行采访。采访时，简直可以用“震撼”两个字来形容我的心情。说实话，我写作已经很少用“震撼”这个词了，我已年过半百，轻易不会被什么震撼了，今天我又用到“震撼”这个词，我的激动程度显而易见。

那天，我一进村庄，看见路旁有一户人家，我抬腿向这户人家走去，陪同我的朱大庚一边走一边大喊：“安大娘，安大娘！”我开玩笑地说：“别喊了，别动静大了吵扰到人家，到了我们敲门。”

到了门口，不用敲门，门是开着的。总不能未取得主人同意就进屋吧，我们停在门口。朱大庚又喊“安大娘，安大娘！”半晌，旁边一间屋的门吱嘎一声，露出一张满是皱纹的脸，我们赶紧进去。朱大庚一边扶着安美珍大娘回到火炉旁坐下一边大声说："安大娘，欧阳主席来看您了。"安大娘没什么反应。朱大庚怕我难堪，对我说："大娘九十六岁了，耳背听不清。"见安大娘耳背，我也有些遗憾，毕竟我是来采访的，需要与人交流。但既然进来了，我还是要坐下来的，有些感受，也不是只有通过语言交流才能收获的。我们就围火炉而坐，炉中煤燃烧不充分，屋内充斥着煤烟味。

不能与安大娘交流，我只好与朱大庚说话。我担心煤烟会影响老大娘的健康，朱大庚手指挂满屋顶的苞谷棒子说："这是在烤苞谷，屋顶周围都漏着风。这里海拔有两千三百多米，雾大，湿气重，苞谷不烤的话，怕发霉。"

我对朱大庚说："在这里就别提什么主席了，就介绍我是欧阳作家，别把人弄糊涂了。"

话音未落，安大娘突然讲起话来，只不过很难听清楚。仔细听，我才听明白几个字：习书记好！大恩人。

我贴近老人的耳朵说："老大娘，您说习总书记呀！"

安大娘还是重复着"习书记好、习书记好"。说着说着，老人家一下子站了起来，居然步履蹒跚地朝堂屋走，我赶紧扶着她，怕她跌跤。朱大庚见我紧张，跟在后面说："老人家身体好，还干活哩。"

安大娘个子很小，估计不到一米五，她伸出手指准确地指着一张挂像。

我仔细一看，确实是习书记——担任过中央书记处书记的习仲勋同志。

我一下子有点蒙。我经常走村过寨，在老百姓的堂屋正面墙上常挂的是毛泽东主席像。说真的，在贵州，我还是第一次见到挂习仲勋同志像的。习仲勋同志是陕甘边区革命根据地的主要创建者和领导者之一，在大西北陕甘一带的老百姓中有着崇高的威望。我知道，这一带的老百姓对红军有着深厚的感情，二、六军团曾在这里建立了革命根据地，在海雀村附近的山谷里就曾发生过“乌蒙山回旋战”中最著名的战斗——以则河战斗。在一些老百姓家里面，我曾看到过贺龙元帅的像。

我的思绪飞到了远古。

“夫霸王之所始也，以人为本。本理则国固，本乱则国危。”春秋时期，管子就有了这样的思想，无疑是伟大的，然而他生不逢时，那时候，他的“是以善为国者，必先富民”的理想很难实现。今天，中华民族进入了伟大的新时代，我们不仅要富起来，而且要强起来。管子还说过：“圣人之所以为圣人者，善分民也。”管子的“善分民”即善于与人民分享利益，而于当今来讲，“我们任何时候都必须把人民利益放在第一位”这句话，无疑高于管子所说，它是那样铿锵有力、掷地有声。我认为管子作为一位杰出的军事统帅和思想家、经济学家、政治家，他胸怀的壮志与治世理想，在两千多年后的今天才得以实现，即便是秦皇汉武、唐宗宋祖，也不可能有今天这个伟大时代对人民做出的庄严承诺：同步小康，一个都不能落下。无论是造就开元盛世的帝王，还是“善分民也”的英主，他们所统治的帝国，不可能让每一名老百姓都分享到盛世的红利，这是不争的事实；即便在鱼米之乡的富足之地，由于受封建地主的剥削，一贫如洗的老百姓不在少数，更不用说身处边远蛮荒的不毛之地的老百姓，再英明的君主也鞭长莫及。再说，封建王朝的以人为本，和当今倡导的以人为本是截然不同的。在我看来，不管封建王朝的统治者以何种形式、何种姿态以人为本，归根结底还是巩固皇权，维护封建统治阶级、剥削阶级的利益。而当今"任何时候都必须把人民利益放在第一位"的执政理念才是以人为本的本质所在。把人民利益放在第一位的执政理念，就是把共产党为人民服务、做人民的公仆的宗旨具体化、目标化。数百万干部下乡实施精准扶贫，并明确目标，在二〇二〇年全面建成小康社会，这就是人民至上的伟大工程。

以我在"老少边穷"地区长期深入生活的亲身经历，我有资格说：普天之下，没有精准扶贫惠及不到的地方。

有了这样的认识，我总是愿意与乡亲们在一起促膝谈心。我就是他们中的一员，我们是兄弟姊妹，也是无话不说的知心朋友。这样，他们那朴实无华、勤劳善良的禀性，成为我检验自己的一面镜子；老百姓那最朴素的价值观——饮水思源、感恩图报，于我而言，也深有体会。

如果陕甘一带的老百姓家里挂习仲勋同志的像，我丝毫不觉得意外，然而在地处大西南腹地的一隅，看见老百姓家里高挂习仲勋同志的像，确实让我有些惊奇。

朱大庚见我一脸好奇，一边扶着安大娘往回走，一边对我说："几句话讲不清楚，我们坐下慢慢说。"

安大娘的火炉散热不均，屋顶还透着气，房间里并不暖和，但朱大庚一开讲，听着听着，我胸膛里的热血就沸腾了起来。

朱大庚是从一位名叫刘子富的记者讲起的，这位新华社记者于一九八五年五月二十九日来到苗族、彝族混居的海雀村，看到农户家家断炊，安美珍大娘瘦得只剩枯干的骨架支撑着脑袋。安大娘家四口人，全家终年不见食油，一年有三个月缺盐，四个人只有三个碗，已经断粮五天了。在苗族社员王永才的家里，他含着泪告诉记者，全家五口人，断粮五个月了，靠吃野菜过日子，更谈不上吃油、吃盐。耕牛本是农家的命根子，也只得狠心卖掉，买粮救人命，一头牛卖了二百五十元，买粮就花光了这些钱。耕牛尚且贱卖，马、猪、鸡就更不用说了。在他家的火塘边，一名三岁的小孩饿得躺在地上，发出"嗯嗯嗯"的微弱叫唤声。手中无粮的母亲无可奈何。

刘子富在海雀村村民组一连走访了九家，没发现一家有食油、大米的，吃的多是玉米面糊糊、荞麦面糊糊、干板菜掺四季豆种子。这九户人家没有一家有余钱，没有一家不是人畜同屋居住的，也没有一家有像样的床或被子，他们有的钻草窝，有的盖秧被，有的围火塘过夜。

刘子富又走进王朝珍大娘家，一下就惊呆了。大娘衣不蔽体，见有客人进来，立即用双手抱在胸前，难为情地低下头。她的衣衫破烂得掩不住胸、腹，那条破烂成布条一样的裙子，本来就很难遮羞，一走动就暴露无遗。大娘看出了记者的难堪，反而主动照直说："一条裙子穿了三年整，春夏秋冬都是它。唉，真没出息，光条条的不好意思见人！"大娘的隔壁是朱正华家，主人上气不接下气地说："早在去年年底就把打下的粮食吃光了；几个月来，找到一升吃一升。"

苗族青年王学方带刘子富一家家看，告诉他："目前，全组三十户，断炊的已有二十五户，剩下的五户也维持不了几天。组里的青年人下地搞生产，由于吃得差，吃不饱，体力不支，一天只能干半天活，人都得外出找吃的，已经影响生产的正常进行。"

这些纯朴的少数民族兄弟，尽管贫困交加，却没有一人外逃，没有一人上访，没有一人向国家伸手，没有一人埋怨党和国家，反倒责备自己"不争气"，这情景令人十分感动。

朱大庚讲述的是新华社贵州分社记者刘子富在一九八五年六月二日向上级写的内参——《赫章县有一万二千多户农民断粮，少数民族十分困难却无一人埋怨国家》描述的情景。

朱大庚介绍说："这篇俗称'黑头内参'的'国内动态清样'刺痛了许多领导人。当时分管农村工作的中央书记处书记习仲勋做了如下批示：'有这样好的各族人民，又过着这样贫困的生活，不仅不埋怨党和国家，反倒责备自己"不争气"，这是对我们这些官僚主义者一个严重警告!!!请省委对这类地区，规定个时限，有个可行措施，有计划、有步骤地扎扎实实地多做工作，改变这种面貌。'当时，老百姓奔走相告，我们有救了。有的人文化不高，也讲不清批示内容，逢人就说，吓人得很，三个惊叹号。"

听到"吓人得很"，我由衷地笑起来，这话太朴素了，这是贵州老百姓表达某种事情很重要、很振奋时的一句口头禅。

这三个惊叹号，我后来在"文朝荣先进事迹陈列馆"中看到了。当习仲勋同志批示的原件展示在我眼前时，那三个惊叹号实在太耀眼了，令人心潮澎湃。当时，我的大脑里就闪现出一位慈祥的老人，目光如炬，扬眉挥笔。这三个力透纸背的惊叹号，使我感到这位慈祥的老人一气呵成的批示振聋发聩，似当头棒喝，如醍醐灌顶。

我与朱大庚的交流似乎影响了安大娘的情绪，她也兴奋起来，开始讲话。我们当然要停下来，听老人讲。可是，我只能听明白十之二三。不过，说到习仲勋同志，她依然讲得很清晰。这是一位九十六岁老人的珍贵记忆，是一名普通老百姓的感恩之心，非常朴实、感人。

一个伟大的民族从不会缺失记忆，一个失去苦难记忆的民族是失语的民族，而一个失语的民族注定没有未来。我想，参加过这场人类历史上最为波澜壮阔的扶贫攻坚的人们，他们的经历便也成了我们民族集体经历的一部分，此后，便成了我们民族集体记忆的一部分。它无疑会成为中华民族最伟大的记忆，并代代相传。

不畏苦难，并有战胜苦难的决心，这就是拥有自信、力量和智慧的体现。

三十三年前，贵州省委接到中共中央办公厅用明传电报传来的习仲勋同志重要批示后，时任贵州省委书记的朱厚泽同志连夜召开紧急会议，并抽调得力干部星夜兼程赶往海雀村，了解缺粮断炊情况后，一次发放十万公斤粮食，及时帮助村民。海雀村山沟里、山坳上，人背马驮政府发放的救济粮到家，纯朴的乡亲们脸上挂满笑容，都发自内心地说："感谢共产党！感谢人民政府！"

那年，安大娘六十三岁。三十三年过去，回忆起当年刘子富来到她家的情景，安大娘记忆犹新。我需要朱大庚当翻译，不过安大娘不断念叨的“习书记”“刘子富”，我已耳熟能详，是不用翻译的。

朱大庚说：“这些年，一拨又一拨来扶贫的干部、领导都到过安大娘家，但安大娘年纪大了，有的记不住，来过她家的人，她只记得一个人，就是新华社记者刘子富。”

我说：“朱大庚同志，你是抓扶贫工作的，你来过安大娘家几次？”

朱大庚说：“前后最少有七次吧！”

我说：“安大娘应该知道你是谁吧？”

“她不知道！”朱大庚扭头看了看还在念叨的安大娘说，“她知不知道我是谁不要紧，要紧的是我知道她是谁。”

这话有点熟悉，我想起一首献给解放军战士的歌：“我不知道你是谁，我却知道你为了谁。”这首歌曾无数次打动过我。听到朱大庚脱口而出类似的话，一股暖流涌上了我的心头。看着安大娘饱经风霜却安详的脸，我对朱大庚说：“大庚，你这句话有点像诗。”

朱大庚发现了我把“朱大庚同志”换成了“大庚”这个变化，有些腼腆起来。我一直相信，这样腼腆的人一定是一个心怀善良的人，而一个心怀善良的人，必定是不愿说诳语的人，由此，我坚信大庚那句让我感到熟悉的话一定是发自肺腑的，由此，我很自然地改口叫他“大庚”。我们之间一下子没有了距离。

我一贯坚持眼见为实，尚未到达的地方，不愿意多听别人介绍，不喜欢别人引导我的言行。我更愿意自己看，让自己多思考。昨天，我从贵阳到赫章县城用了四个小时，见到朱大庚，我就不大听他讲，他讲多了，我还不客气地质问他。我说：“据我所知，毕节还有贫困人口七十二万四千五百人，赫章县就有十四万九千八百人，离脱贫时间点还有两年，你们是数字脱贫呢，还是真正能脱贫？”

朱大庚说：“哪里敢弄虚作假，从中央到省到市都有第三方评估和巡察、督察制度，不能弄虚作假。”

我说：“眼见为实。”

他说：“你想去哪里？”

我说：“海雀村。”

之所以脱口而出“海雀村”，是因为两年前贵州人民出版社找我，请我写一部关于海雀村党支部书记文朝荣的报告文学。按说我责无旁贷，可我手里有贵州省委宣传部重点影视剧《云上绣娘》的创作任务，这是一部反映精准扶贫的农村戏，我不可能撇下它。两年前虽与海雀村失之交臂，但我记住了它，这次到毕节采访，当然不能再擦肩而过。

这些年，我也很关注新闻媒体报道的贵州先进人物、先进事迹，比如说被誉为具有“愚公精神”的罗甸麻怀村的邓迎香、赫章海雀村的文朝荣，以及被誉为具有“老黄牛精神”的播州区团结村的黄大发等。除了海雀村，麻怀村、团结村我以前都实地采访过。我对先进人物的事迹和精神以及记者不辞辛劳的采访和报道抱有崇高的敬意。然而略有遗憾的是，这些报道几乎都是着墨于主人公如何以“愚公精神”和“老黄牛精神”改变当地生存环境以及脱贫的奋斗过程，这样写，不是不好，而是缺少思考。

我认为，“愚公精神”“老黄牛精神” 在这个时代弥足珍贵，是要大力提倡的，这与当今扶贫攻坚战中提出的“扶志”是相呼应的。这就是“要我脱贫”和“我要脱贫”的区别：“要我脱贫”是被动的，而“我要脱贫”是主动的。

邓迎香、黄大发、文朝荣的事迹，可以说是“我要脱贫”的生动代表。在我看来，“愚公移山”这个古老故事的本意，强调的更多的是精神，而事实上，我们都明白，愚公用几把锄头、几个箩筐，即便加上他的子子孙孙，要想把门前的那座大山搬掉，也是不可能的。山是不能自己走的，人可以走嘛，是不是非得要移山？这个道理其实谁都明白，所以，古人把这位移山的老人归为“愚公”是有道理的。明知不可为而为之，是为愚人。换个角度说，明知不可为还要为之，是为精神可嘉。所以，“愚公精神”应该大力提倡，而他的做法并不可取。

在“愚公”问题上我啰唆了半天，主要是想说明：邓迎香、黄大发、文朝荣这些当代“愚公”，和古人所说的愚公是有本质区别的。我们试着分析一下：首先，他们都有愚公试图摆脱困境的志向，也有愚公移山这种可贵的精神，但是，仅仅有这种移山的精神是远远不够的。根据我长期在扶贫攻坚一线采访的所见所闻，我认为，如果没有共产党长期以来坚持不懈的扶贫攻坚，以及一系列的扶贫政策和措施，就不会有当代“愚公”扶贫攻坚的卓越功勋。

告别安大娘，我来到“文朝荣先进事迹陈列馆”。参观完陈列馆，我感觉它不仅仅是“文朝荣先进事迹陈列馆”，更是贵州毕节试验区扶贫攻坚三十年的一个缩影。在这里，我首先看到的是习仲勋同志一九八五年针对海雀村的批示。这个批示，拉开了当地政府有组织、大规模扶贫开发的序幕，而这个拉幕人，就是时任贵州省委书记的胡锦涛同志。

一九八五年七月，恰逢贵州省委主要负责人交替，当时刚刚上任贵州省委书记才八天的胡锦涛同志到赫章进行了为期三天的考察，不辞辛劳地乘车前往海拔两千三百米高的海雀村专程走访。那个时候的赫章县，总人口四十七万零四百人，其中农业人口四十四万三千九百人，全县工农业总产值一亿两千五百零六万元，其中农业总产值六千八百三十六万元，农民年人均纯收入为一百六十六元。全县几乎没有通村、组的公路，运输主要靠人背马驮。除县城和少数乡镇之外，大多数乡镇不通电，照明以煤油灯为主，一般乡镇都没有医疗卫生机构，群众看病非常困难，农民住房基本是茅草房和瓦房，边远山区有不少农民住简陋窝棚。"山高水冷地皮薄，气候灾害异常多；耗子跪着啃苞谷，种一坡来收一箩。"这首民谣是当时赫章县农村生存条件恶劣的真实写照。"贫困"一度成为赫章县的代名词，而海雀村，又是赫章县贫困的代名词。海雀村，距县城八十八公里，全村苗族、彝族群众共计一百六十八户七百三十口人。境内山高坡陡，耕地贫瘠、零星分散，二十五度以上陡坡耕地占所有耕地面积的百分之九十。村里无学校，无卫生室，读书、看病都要步行到十二公里以外的乡政府所在地。不通公路，不通电，生活饮水主要依靠收集天然降水，整个村庄几乎与世隔绝。有瓦房十二户、草房一百一十四户、简易窝棚四十二户，百分之八十以上农户人畜混居。农民年人均收入只有三十三元，年人均占有粮食一百零七公斤，有小学文化的村民仅五人。为求生存，过度毁林开荒种粮，森林覆盖率锐减到百分之五以下，导致水土流失严重，生态环境极度恶劣，自然灾害频发，大风一起，沙尘漫天。

从贵州“八七”扶贫攻坚战到毕节试验区的建设，至二〇一七年历时二十九年，可以说，在这二十九年当中，试验区发生了翻天覆地的变化。这些变化，我在二〇〇八年创作的长篇电视连续剧《绝地逢生》剧本中有所展示。电视剧讲述的是一个村庄在村支书的带领下，不折不挠，因地制宜，在科学发展观的指引下，把一个石漠化严重、不适合人类生存的不毛之地，变成了远近闻名的小康村的故事。

不知不觉几年过去了，毕节试验区取得了举世瞩目的成就。这些成就，在“文朝荣先进事迹陈列馆”的资料中阐述得非常翔实。习近平总书记对毕节试验区的两次批示尤为醒目，特别是二〇一四年五月十五日的重要批示：“毕节曾是西部贫困地区的典型。毕节试验区创办 26 年来，坚持扶贫开发与生态保护并重，艰苦奋斗，顽强拼搏，实现了人民生活从普遍贫困到基本小康、生态环境从不断恶化到明显改善的跨越。全国政协、中央统战部和各民主党派中央、全国工商联长期支持，广泛参与，创造了中国共产党领导的多党合作助推贫困地区发展的成功经验，充分体现了社会主义制度的优越性。建设好毕节试验区，不仅是毕节发展、贵州发展的需要，对全国其他贫困地区发展也有重要示范作用。希望有关方面继续关心支持毕节发展，希望试验区进一步深化改革，锐意创新，埋头苦干，同心攻坚，努力实现人口、经济与资源环境协调发展，为贫困地区全面建成小康社会闯出一条新路子，同时也在多党合作服务改革发展实践中探索新经验。”

这个批示是习近平总书记对贵州省扶贫工作的肯定与鞭策。贵州省作为全国贫困人口最多、贫困面积最大、贫困程度最深的省份，被称为“全国脱贫攻坚的主战场、决战区”，未来几年要实现同步小康、不拖全国的后腿，还任重道远。这个问题，习近平总书记非常牵挂，二〇一五年六月十八日，习近平总书记在贵州调研期间专门主持召开涉及武陵山、乌蒙山、滇桂黔集中连片特困地区扶贫攻坚座谈会时强调，消除贫困、改善民生、实现共同富裕，是社会主义的本质要求，是我们党的重要使命。改革开放以来，经过全国范围有计划有组织的大规模开发式扶贫，我国贫困人口大量减少，贫困地区面貌显著变化，但扶贫开发工作依然面临十分艰巨而繁重的任务，已进入啃硬骨头、攻坚拔寨的冲刺期。形势逼人，形势不等人。各级党委和政府必须增强紧迫感和主动性，在扶贫攻坚上进一步厘清思路、强化责任，采取力度更大、针对性更强、作用更直接、效果更可持续的措施，特别要在精准扶贫、精准脱贫上下更大功夫。

十九大报告指出：“从现在到二〇二〇年，是全面建成小康社会决胜期。”让贫困人口和贫困地区同全国一道进入全面小康社会，是我们党做出的庄严承诺，更是必须完成的硬任务，绝无退路；同时还要让全国人民乃至世界人民普遍认可，并经得起历史的检验。这是十九大报告中习近平总书记对扶贫脱贫提出的新任务、新要求。

新任务、新要求是取得脱贫攻坚决战胜利的基石和指南,然而,毕节试验区任重而道远。截至二〇一七年底,毕节试验区所辖县区,还有深度贫困县三个、极贫乡镇三个、极贫村五百二十九个、极贫人口七十二万四千三百人。也就是说,在毕节试验区内,十个人里就有一个极贫人口。贫困面积之大、贫困程度之深、贫困人口之多,不得不令人担忧,贵州省委主要领导把这份担忧变成了动力和决心:"贫困不除,愧对历史;群众不富,寝食难安;小康不达,誓不罢休。"

如果说,贵州是全国脱贫攻坚的主战场、决战区,那么,毕节试验区就是贵州省脱贫攻坚的主战场、决战区。二〇二〇年实现全国脱贫,我对此充满信心,这个信心来自我目睹的精准扶贫实施以来毕节试验区发生的翻天覆地的变化:从二〇一二年到二〇一六年,贫困发生率从百分之二十九点九降低到百分之十三点二,减少贫困人口一百五十七万六千二百人,森林覆盖率从百分之十四点九提升到百分之五十点二八。这样的数字是可喜的,更令人惊喜的是,目前海雀村有二百二十二户居民,家家住上了砖混结构的黔西北特色新民居,农民人均年纯收入从以往的三十三元上升到八千四百九十三元,年人均占有粮食从一百零七公斤上升到三百九十五公斤,森林覆盖率从百分之五上升到百分之七十点四,人口自然增长率从千分之十三稳定到千分之二左右,当年全村有小学文化的村民只有五人,目前具有小学文化以上的村民五百六十人,其中大学生八人。

这样的数字对比，是令人震撼的。我看见的不仅仅是数字，此时我就站在文朝荣的墓前，看见一片连绵不断的群山绿树成荫，根本不见当年光秃秃的山头和大风一起沙尘漫天的情景。森林覆盖率从百分之五上升到百分之七十点四，这个数字实际上就是把一片不毛之地变成了一片生机盎然、郁郁葱葱的生态之地。文朝荣的一生是平凡而伟大的，他的奋斗历程，浓缩了国家扶贫攻坚战的奋斗历程，也是中国人民坚韧不拔、生生不息向贫困宣战的一部史诗。

当年，时任贵州省委书记的胡锦涛同志给毕节试验区的定位是开发扶贫、生态建设、人口控制。这个定位无疑是解决乌蒙山区贫困症结的实质所在，事实证明，今天毕节试验区所取得的成就，就是认真贯彻落实了开发扶贫、生态建设、人口控制这三大主题的结果，而精准扶贫的实施和全面展开，是要彻底、全面地消除贫困，并与全国人民一起同步小康。

离开海雀村时，我在文朝荣墓前深深地鞠了三个躬，以表达对这位长者的敬佩。我想，文朝荣的精神长存，文朝荣为之奋斗一生的事业还会继续。贵州省委、省政府在全省学习十九大精神、宣讲十九大精神和学习贯彻落实习近平总书记在贵州代表团审议十九大报告时的讲话精神之际，制定了二〇一八年脱贫攻坚工作计划，这个计划里有这样的表述：减少农村贫困人口一百二十万人以上，实现十六个贫困县摘帽、两千五百个贫困村脱贫，选派七千三百六十八名干部担任贫困村第一书记，选派四万三千名驻村干部，组成八千五百一十九个工作组进驻贫困村帮扶，实施万名农业专家服务“三农”行动……

有了这些行之有效的举措，贵州绝不会拖全国人民的后腿。在二〇二〇年与全国人民一道同步小康，我们有充分的信心实现这个目标！坚决实现这个目标！肯定能实现这个目标！

在全省学习习近平总书记十九大报告期间，我听了十九大代表们的宣讲，心情久久不能平静。只有贵州人念念不忘的“牢记嘱托，感恩奋进”这句话才能表达我激动的心情。在习近平总书记参加贵州代表团审议时，我观看了中央电视台《新闻联播》的全程报道，总书记的讲话，我字字句句听清楚了。这次听代表们宣讲，我如身临其境。见到毕节的代表，我便迫不及待地问：“总书记心系毕节，先后七次对毕节试验区做出重要指示和批示，这次你发言汇报了毕节扶贫攻坚的情况，总书记有什么新的指示？”

毕节代表说：“习总书记肯定了毕节在脱贫攻坚方面的探索，强调党的根基在基层，打赢脱贫攻坚战，关键要看基层党组织的战斗力。一定要抓好基层党建，在农村始终坚持党的领导。习总书记还说，实现第一个百年奋斗目标，重中之重是打赢脱贫攻坚战。已经进入倒计时，决不能犹豫懈怠，发起总攻在此一举。”

这就是一位日理万机的大国领袖对红色革命老区的殷殷之情。

在毕节试验区一路采访下来，我都是在感动和震撼中度过的，我现在还想说一件让我热泪盈眶却鲜为人知的事。这件事，得从结束采访的十天后说起。

结束采访十天后，我在毕节文联宣讲十九大报告精神时，遇见了文学爱好者、毕节驻深圳办事处前主任罗光前。宣讲结束后，我与他交谈，谈到了海雀村，谈到了习仲勋同志对海雀村的批示，也谈到海雀村老百姓对习仲勋同志朴素的感恩之情。他说："习仲勋同志退休后都还心系毕节贫困群众，一九九七年七月初，正在深圳休息的全国人大常委会原副委员长习仲勋及夫人齐心，在深圳市委、市政府主办的'深黔携手、扶贫帮困'的活动中，捐出了他们一个月的工资及津贴共计三千元给毕节的困难群众。这个消息刊发在《毕节报》一九九七年八月十六日第一〇一三期报眼位置。"

听到这些话，一股暖流涌上了我的心头，我一时热泪盈眶。我曾长期在乌蒙山区深入生活，创作过长篇小说和同名电视剧《雄关漫道》《奢香夫人》《绝地逢生》等作品。二〇一二年，毕节市第一届人民代表大会常务委员会第一次会议授予我"毕节市荣誉市民"称号。其实我早把自己视为乌蒙山区的毕节人了，自认有着和乌蒙山区老百姓一样朴素的感情。

旭日从气势磅礴的乌蒙山升起来的时候，我举头凝望东方。东方正红，阳光温暖。我默诵起阳明先生的话"此心光明，亦复何言"，默念着孟郊千古流芳的诗句"谁言寸草心，报得三春晖"。

第二章　花繁叶茂

花茂村原名荒茅田，意指贫困荒芜，后改名花茂，寓意花繁叶茂，这是荒茅田人一个美好的愿望。荒茅田人没想到，这个愿望需要一个甲子的漫长岁月才能成真。

穷则思变，是改变现状的重要前提，换句话来说，穷不思变，无论多久，你的境况依然不会有任何改变。一九五五年更名为花茂，一个甲子的岁月，对于一个村庄来说，确实是一个漫长的过程，而这个过程是一个村庄从贫困到富裕的奋斗历程，这个历程就是一部宏大的中国农民的心灵史诗。

穷则思变，是改变现状的重要前提，但并不意味着有了这个观念就能改变一切，有的贫困不是思变就能改变，就如有的国家和地区祖祖辈辈都贫困、祖祖辈辈都在思变，但依然没有改变，依然贫穷。这是一个普遍性的问题。

"荒茅田"这个名字也不知道叫了多少个朝代，一句话，这个地方就是一个贫困、荒芜的地方；即使改名花茂村，也并未改变它是一个贫困村的状况。

在纪念红军长征胜利六十周年之际，我曾受贵州省委宣传部的委派，创作反映中国工农红军第二方面军长征的电视连续剧剧本《雄关漫道》。为了写好这部剧，作为创作者，必须系统、详细、深入地了解党史、军史，特别是长征这段历史。于是，我重走长征路，而地处遵义县枫香镇境内的苟坝会议会址就是我的目的地之一。这样，我才知道有一个花茂村。那天，坐在吉普车上，一路颠簸了六个半小时，还没到目的地，同车的本地人见我着急，便对我说："这里已经是花茂村了，最多十分钟就到苟坝村。"我朝车窗外一看，花茂村不仅没有花，树也没见几棵，道路泥泞不堪，民房陈旧杂乱，真的有点不堪入目。

结束那次采访后，没有人再向我提起过花茂村，花茂村就像我经过的很多村庄一样，没有给我留下深刻的记忆。即便五年后，为了创作一部电影剧本，我再次到苟坝村，也没有想到花茂村。其实，到苟坝村只有一条路，我肯定经过了花茂村。

我再次来到花茂村的时候，花茂村已经花繁叶茂，一派生机勃勃，已是远近闻名的美丽乡村，更是"百姓富、生态美"的模范村。

我这次来花茂村，主要是创作一部反映"精准扶贫"的电视连续剧剧本，这就必须在这里长住，与这里的老百姓促膝谈心，体验他们的生活，这样才能写好他们。五天后的一个傍晚，刚吃完饭，枫香镇的党委书记帅波说："欧阳老师很辛苦，吃完饭我陪你到苟坝村散散步。”我很惊讶地问:“苟坝村?这里不是花茂村吗?”帅波说:“苟坝村和花茂村就一步之遥。”我更惊讶了,说:“嗨,奇怪了,苟坝村我去过两次,第二次去也就是五年前。短短五年时间,莫非换了人间?”帅波兴奋地说:“你去过苟坝村?哎哟,你再看看今天的苟坝村,你肯定认不出了!”

苟坝村确实发生了翻天覆地的变化,从一个贫困村变成了小康村。花茂村和苟坝村比邻,都在马鬃岭山脚下。苟坝村因苟坝会议在这里召开而远近闻名,在党史、军史上有着重要地位——在这里,毛泽东同志在党中央和红军中的领导地位进一步得到确立和巩固。然而,这地方地处边远,受自然条件的限制,长期处于贫困状态。

党的十八大以来,习近平总书记多次前往革命老区调研考察,每到一地,他都牵挂着老区人民的生活,多次讲到要“让老区人民过上更加幸福美好的生活”,并郑重地指出:“加快老区发展,使老区人民共享改革发展成果,是我们永远不能忘记的历史责任,是我们党的庄严承诺。”

以往,我们知道的是“全面建设小康社会”,而十八大报告中提出“确保到二〇二〇年实现全面建成小康社会宏伟目标”。“建设”和“建成”一字之差,建设小康社会有了明确的时间点和明确的目标,这一字之差,充分体现出了党和政府的底气和自信、使命和担当,放眼世界,这无疑是一个伟大的承诺!

由于我长期从事文学创作,深入生活便是我工作、学习的常态。在基层待的时间长了,对基层的情况,我可以说是非常了解的。就说这五年以来，我大部分时间都在乡下走村过寨，自然免不了要与县乡的基层干部打交道，但更多的是与当地老百姓打交道。所谓“交道”，其实就是一个沟通和认识的过程，这个过程使我非常愉悦，而这份愉悦，只有深入老百姓中才能体会到。因为我的愉悦来自他们的愉悦，而他们的愉悦来自党的政策、党的关怀、党的温暖。无疑，老百姓的感情是质朴的，他们发自内心的那种表白，让人听后内心不由得升腾起一种对共产党的热爱之心和敬佩之情。

表白是质朴的，质朴的表白却令人震撼，这些话语至今在我耳边回响。这是一位年近花甲的老人，他说：“辛苦了共产党，幸福了老百姓。”老人家说的这句话，听起来很简单，细想起来却一点都不简单，因为“辛苦”和“幸福”这两个词，代表了这一时期党的形象和老百姓的感受。如果不是身临其境，如果不是和老百姓促膝谈心，我就听不到这样纯朴的心声，而老百姓这样真实的心声给我带来的不仅是心灵的震撼，更是灵魂的洗礼。

那天的采访情景至今还历历在目。采访的话题是从“三改”开始的，所谓“三改”即“改环境、改厨房、改厕所”，由于花茂村要搞乡村旅游，这是乡村旅游必备的整改。老人说：“一开始我不理解，我们祖祖辈辈都是这样生活的，为什么非改不可？村委第一书记周成军多次来我家给我做工作，做不通他还不走了。那个苦口婆心啊，真像一位婆婆在唠叨。我看他起早贪黑的，今天跑这家，明天跑那家，心想，人家是为了什么啊，还不是为了我们？”采访即将结束时，我说：“湄潭县龙凤村田家沟的老百姓唱了一首歌叫《十谢共产党》,您知道吗?"他说:"知道,那首歌太长了,按我说就一句话:辛苦了共产党,幸福了老百姓。"

这位老人的话,佐证了枫香镇党委书记帅波和花茂村第一书记周成军的说法,我分别采访他们两位时,他们都说,基层干部的辛苦指数决定了村民的幸福指数。当时我不以为然,甚至认为他们说了一句冠冕堂皇的话,但当我在这个村庄住了下来,与村民们张家长、李家短地拉开了家常,并相互信任地说起了心里话时,才知道,乡镇书记和村第一书记的话是真真切切的。

村民们说:"现在的干部和原来的不一样了, 他们到了我们村,来帮助我们奔小康,每天起得比我们早,睡得比我们晚,吃一顿饭还非得给钱,不给钱的话,他们就不吃。"

短短几句朴实的话,说出了现在乡镇党员干部下基层的工作作风,也切实反映了从严治党以来,共产党的先进性与光辉形象进一步在群众心中生根发芽。

作家也是一样的,如果身上只带着汽车尾气,下到田间地头后也就随便看看,再进村里吃一顿农家乐,然后抹抹嘴巴拍拍屁股走人,这样走马观花,是永远不可能写出贴近百姓生活的作品的。

而真正的作家,就是要深入生活,扎根人民,才能写出"沾泥土、冒热气、带露珠"的文章,这就要求作家在人民中体悟生活本质,吃透生活底蕴,把生活咀嚼透了、消化完了,才能使生活变成深刻的情节和动人的形象,才能创作出百姓喜闻乐见的作品。只有这样的作品才能激荡人心。

我在遵义的花茂村、苟坝村体验生活，真真切切地感受到了这两个村庄翻天覆地的变化，这儿就是习近平总书记说的“望得见山、看得见水，记得住乡愁”的好地方。短短五年，可以说“百姓富、生态美”的美丽乡村就是花茂村、苟坝村的现实景象。自深入实施精准扶贫以来，花茂村、苟坝村的变化用“翻天覆地”来形容毫不为过。

原来的花茂村，我是见过的，印象就是脏、乱、差，偏僻而贫穷，而现在的花茂村，真真实实呈现在我眼前：一幢幢富有黔北特色的民居散落于青山绿水之间，一条条水泥路呈网状连通着每家每户及每一块农田。不要小看它，一个小小的村庄，该有的它都有了，如果按照很早以前“通水、通电、通电话、通广播电视是共产主义”的说法，现在的花茂村通网络、通天然气，有污水处理管网，有电商，有互联网+中心，有物流集散点，这样的社会主义初级阶段，能不令人欣喜吗？采访枫香镇党委书记帅波时，他说过一句话：“就是要让每一栋黔北民居都成为产业孵化器，从而带动各种产业发展。”此话并非虚言，眼见为实哪！

采访花茂村现任第一书记潘克刚时，他对花茂村的发展如数家珍。他说：“花茂村有今天，得感谢精准扶贫，‘精准扶贫’这四个字深入人心。原来我们也扶贫，但都不太理想。比如输血式扶贫，他缺钱，你就扶，没有从根本上解决问题，说实话，有的人甚至拿到钱就去打酒喝了。造血式扶贫也有不理想的地方，比如这家人文化水平不高，你给他讲搞科技扶贫，他往往认识不到位，即使项目上马了也收效甚微。这样很容易造成脱贫又返贫的现象。精准扶贫太好了,它的六个精准是:扶贫对象精准、项目安排精准、资金使用精准、措施到户精准、因村派人精准、脱贫成效精准。我们严格按照这样去做,脱贫了的农户就不可能再返贫。”

花茂村的脱贫致富的成果,只从这几个数据就可以看出来:二〇一二年花茂村外出务工者达一千二百余人,村中出现大量留守儿童及空巢老人。五年后,花茂村各项产业得到健康发展,外出务工者也逐渐回到村里,现在外出务工者仅有二百余人。二〇一六年,共有一百七十八万人次来花茂村旅游,综合收入五亿六千九百万元。现在花茂村有一千三百四十五户人家四千九百五十人,人均年收入一万四千一百一十九元。除了皮卡等农用车辆,花茂村有轿车二百三十三辆,其中不乏捷豹、宝马等中高端品牌。

据苟坝红色文化旅游创新区管委会负责人刘明贵介绍,苟坝红色文化旅游创新区核心区接待游客近三百万人次,实现旅游综合收入十五亿六千九百万元。刘明贵说:“我们以‘传承红色文化基因,打造美丽乡村’为己任,苟坝村是著名的‘苟坝会议’会址所在地,苟坝会议精神就是‘讲政治、守纪律、敢担当’。贵州省纪委把苟坝作为‘两学一做’党性体检基地,全省纪检干部在这里就‘加强党性体检,当好党内政治生态护林员’进行了研讨学习。”

“党要管党,从严治党”十分深入民心,这从我与老百姓的交谈中就能充分感受到。记得在花茂村采访一位村民时,这位村民说:“现在的党员干部都知道哪样做得、哪样做不得。说实话,现在在村里,吃亏的都是党员干部,我看他们加班加点的,还不发加班工资,想起来,他们真的是为了我们好啊。有时候,看着他们实在辛苦，想表达表达心意，送什么他们都不要。当年红军在这里不拿群众一针一线，现在的党员干部到村里来也是一样的。像干部鼓励我们搞一家一户的农家客栈，说实话，当时我们眼界也没那么宽那么远，没想到有那么多城里人来吃住，那时候，你家看我家，我家看他家，就是没人行动起来。第一书记、支书和主任都来过我们家拉家常，其实就是做我们的工作，喝的茶、嗑的瓜子、吃的花生都是他们自己带来的。村委会的事情都是一事一议、集体决定。一些谋发展的事情，感觉有困难，都是村干部带头干。原来村里人家中有事，都喜欢你家请客我家送礼，说实话，大家都有点受不了。现在好了，干部们不兴这一套了，我们群众也就慢慢不兴这一套了，还把红白喜事的操办规定写进了村规民约。”

在这里我深深地感受到了泥土的芳香以及芳香中散发出来的思想光芒。花茂村的脱贫致富，是精准扶贫深入实施的现实成果，而这样的成果正在无数个花茂村实现。精准扶贫深入人心，我相信，不管谁到这里来，只要与老百姓促膝谈心，就能从他们的话语中体会到精准扶贫的重大意义。

我记忆最深的是，采访土陶烧制作坊的非物质文化传承人母先才老人。他家的作坊最早时就是一个小作坊，只做一些泡菜坛子、酒罐子，销路不好，收入不高，甚至面临严重亏损。就在他准备放弃这个手艺的时候，镇长和村第一书记多次前来帮他找原因、谋思路，还请来了遵义师院艺术学院的师生给他的产品进行免费设计，并把他的作坊作为教学试验基地，同时建议他根据市场需要生产旅游产品，并增加制陶体验作坊，让游客可以参与其中。现在，仅制陶体验这一项，每逢周末，三十台机器一天的收入可达六七千元，使这个濒临倒闭的微小企业获得了新生。镇里根据微小企业的补助政策给予补助，母先才老人家的土陶烧制作坊已今非昔比。母先才老人说："说实话，像我们这种处于贫困线以下的手艺人，如果不是书记、镇长、第一书记无数次来关心和支持，没有他们出谋划策，就没有我们的今天。"

母先才老人说了一句让我至今难忘的话，他说："活了这么久，我终于重要了一回。"

这句话，是那样朴实、那样精准。这位老人真切感受到了自己的重要。同步小康，一个都不能少，这正是领袖的情怀。二〇一五年六月十六日，是花茂村人永远不会忘记的日子，这一天，习近平总书记来到了花茂村，亲切地与村民们拉家常。村民王治强回忆说："习主席平易近人，笑起来像太阳，让我们心里暖洋洋的。你信不，我现在的心，天天都是热的。"他继续自豪地说，"别看我们这里山区偏僻，来过两位主席，一位是毛主席，一位是习主席。"

是的，长征途中的一九三五年三月十日，毛泽东主席在这里用一盏马灯照亮了中国革命前进的道路；也正是在这里，毛主席在党中央和红军中的领导地位得到确立和巩固，从而挽救了党。八十多年过去，弹指一挥间，挥去的是时间，挥不去的是伟人留下的那些丰功伟绩。

是的，在中华民族伟大复兴的征途中，习近平总书记来到了这块红色的土地，他感慨地说："怪不得大家都来，在这里找到乡愁了。"习近平总书记亲切地说："党中央制定的政策好不好，要看乡亲们是哭还是笑。”

“要守住发展和生态这两条底线。”花茂村的繁荣和发展，正是遵循了领袖的这一睿智的执政理念。村民王治强笑起来像一株向日葵，他说：“习主席说我们是哭还是笑的时候，在场的乡亲们都笑开了花。”

落实习近平总书记视察贵州的讲话，成为全省上下的强大共识和扎实行动。

帅波说，习近平总书记在花茂村视察后，花茂村成了远近闻名的“乡愁”品牌，而这个品牌要名实相符还任重道远。我们压力很大。省委书记来给我们撑腰杆，同时也严肃地鞭策我们，他说：“作为全国贫困人口最多、贫困面积最大、贫困程度最深的省份，贵州被称为全国脱贫攻坚的主战场、决战区，未来几年能否实现同步小康、不拖全国的后腿，不仅仅是经济问题，而且是重大的政治问题。”这一席话，掷地有声，既让基层干部感到压力，更增添了动力。

党的十八大明确提出：确保到二〇二〇年实现全面建成小康社会宏伟目标。十八大以后，习近平总书记在国内的考察中，多次涉及扶贫开发，其中，又多次把扶贫开发作为主要内容，由此可见，贫困问题是中国全面建设小康社会的“拦路虎”，也一直是总书记最牵挂的事情。

我在花茂村写的剧本，讲述的故事就是贵州省遵义市播州区枫香镇下辖的二十一个村，如何从贫困村变为小康村再变为“百姓富、生态美”的富裕村的巨变。

二〇一二年之前，地处大娄山山脉腹地的播州区枫香镇所辖的二十一个自然村，只有少数几个村庄解决了温饱问题，多数村庄还处于贫困线以下。每一个村的自然条件、实际情况都不同，脱贫过程中面临的难题也不同。

这二十一个村无外乎三种典型情况：第一种以花茂村为代表，地处大山马鬃岭的东边，地形以丘陵为主，种植业以水稻种植为主，老百姓吃上饭没有问题，但是要想脱贫奔小康，这个担子不算轻；第二种以纸房村为代表，地处马鬃岭的西边，山势险峻雄伟，几乎没有稻田，多为旱地，是出了名的贫困村，如何脱贫，这个担子更重；第三种以保海村为代表，典型的喀斯特地貌，这里被联合国教科文组织视为不适宜人类居住的地方，石漠化严重，山陡土薄，不适合农作物生长，不要说水田，就是旱地也要看天收获，这种深度贫困村，如何脱贫，担子沉甸甸的。

但是，无论是花茂村、纸房村还是保海村，都必须一个不落地同步小康，这是历史的责任和担当。播州区枫香镇党委书记帅波说起这二十一个村庄，特别是马鬃岭西边的深度贫困村怎样在二〇二〇年不拖全国人民的后腿而要同步小康时，信心十足。他说："老百姓从原来被动等你扶贫，转变成了现在主动地要求脱贫。这样的转变真不容易，原来等你来扶贫，矛盾不少，一是老百姓对脱贫致富缺乏信心，二是你忙他不忙，你急他不急，老百姓每年就盼望着那点扶贫款，扶贫款到了，又'你家多了，我家少了'地常常争吵不休。后来精准扶贫开始了，情况就大变了，六个精准扶贫的精准实施，使老百姓真真切切地感受到了真实、公平、实惠。老百姓说，看到上上下下那么多党员干部为我们忙碌，我们再不争口气，这脸都不知往哪儿藏。‘我要脱贫，我要奔小康’成了群众的共同心声。所以说，扶贫更要扶志气。老百姓有了这样的志气，就没有什么困难能难住我们。”

当初，马鬃岭西边的村民们看到花茂村、苟坝村发展好了，曾抱怨说：“就隔一座马鬃岭，一边是欧洲一边是非洲。”帅波说：“什么欧洲、非洲的，这里是播州。扶贫工作从来都是一视同仁的。当然，你们现在不如花茂村，除了自然条件恶劣的因素外，也多在自身上找找原因。放心吧！总书记说，同步小康，一个都不落下，我们会不折不扣做到的。”

后来，省委省政府出台了一系列的脱贫举措，比如扶贫的“五个一批”：发展生产脱贫一批、易地扶贫搬迁脱贫一批、生态补偿脱贫一批、发展教育脱贫一批、社会保障兜底一批。还有扶贫的“五个坚持”：坚持扶贫攻坚与全局工作相结合，走统筹扶贫的路子；坚持连片开发与分类扶持相结合，走精确扶贫的路子；坚持行政推动与市场驱动相结合，走开放扶贫的路子；坚持“三位一体”与自力更生相结合，走“造血”扶贫的路子；坚持资源开发与生态保护相结合，走生态扶贫的路子。

这些强有力的举措，使偏僻边远、自然条件恶劣的深度贫困村看到了希望，马鬃岭西边的几个村庄也次第打响了脱贫致富攻坚战。到二〇二〇年底，播州区枫香镇的二十一个行政村中的深度贫困村，一个都不会拖后腿，一定会与全国人民同步小康，这一点我坚信不疑。

潘克刚是十九大党代表，临去北京前，他精心挑选了几张花茂村的照片，把家乡的新貌和乡亲们的笑脸带到北京，向习近平总书记汇报。他知道，他一定会近距离见到习近平总书记。

两年多过去了，每当想起习近平总书记在视察花茂村时讲的“政策好不好，要看乡亲们是哭还是笑”，王治强依然心潮澎湃。他说：“总书记来的那天，太阳特别红，向日葵开得特别艳。习近平总书记的讲话像太阳一样温暖，在场的乡亲们都笑开了花。”我与村民王治强谈心的时候，他总是重复他那天的感受。我采访时，帅波几乎都在场。“每次听见，心里总是多了一份责任，多了一份信心。”他说，“花茂村近年来发展山地现代高效农业，推动农旅一体化，村民生活更上一层楼。为什么花茂村的乡亲们笑开了花，那是因为精准扶贫的政策好和省里上上下下切实有效地落实了习近平总书记的讲话精神。”

这几年，贵州省上下都特别关注花茂村的发展，为了乡亲们的笑更美更甜，各级党组织、各级政府都行动起来，实施了一系列的举措。首先是党建引领：创建精准服务型党组织，倡导“五带头、五提升”。群众常说，村看村、户看户，群众看党员、党员看干部，群众富不富，全靠党支部。花茂村的快速发展，精准服务型党组织的建立无疑是强有力的抓手。

各级党组织打造阳光党组织，政府则“消除藩篱，开门办公”，探索“五带头、五提升”，推动党员干部践行“五带头”：带头学习提高、带头争创佳绩、带头服务群众、带头遵纪守法、带头弘扬正气；实现党组织思想建设“五提升”：提升思想建设、提升党员素质、提升服务能力、提升发展水平、提升群众满意度，发挥党组织、党员、干部在精准扶贫、率先小康中的“领头雁”和“火炬手”作用。为推进花茂村扶贫开发，播州区成立了苟坝红色文化旅游产业创新区，实行镇区一体化管理，发展全景域旅游，助推率先小康。

自从“五带头、五提升”切实开展后，行政审批从简，“马上办”“钉钉子”“负责到底”“服务创业”“敢于担当”五种精神被大力倡导。针对省委确定的同步小康六大项二十五个核心统计监测指标，播州区根据自身特点对实现程度在百分之八十以下、百分之八十至百分之九十、百分之九十至百分之九十五、百分之九十五以上的指标分别实施红、橙、黄、绿“四线管理”；建立重大项目信息化管理平台，实行项目建设“五个一”（一个项目、一位领导、一个专班、一个机制、一抓到底）和“五定”（定时间、定责任、定人员、定任务、定效果）的工作机制，督促各部门主动作为。选派村级党组织第一书记，实行村干部绩效考核等工作机制，一次通报、两次约谈、三次问责；结合实际研究制定镇、村两级统计监测指标体系，创建“百姓富、生态美”的美丽乡村，联系服务群众“最后一公里”等工作的动态监测；分级开展小康示范创建活动，上下联动、示范引领、整体推进。同时在机制上创新，“五带十帮”是因地制宜的好办法，它精准地构建了党委领导、政府主导、群体主体、部门帮扶、社会参与的大扶贫格局。针对花茂村一带精准扶贫中的问题和主体，实施“五带”：一是党员干部结亲带贫困户搭建“连心桥”，二是驻村工作组带贫困户破解“发展难”，三是龙头企业带贫困户化解“增收难”，四是专业合作社带贫困户抵御“大风险”，五是致富能人带贫困户实现“产业兴”。实施“十帮”：一是帮助找准脱贫门路，二是帮助搞好技能培训，三是帮助解决项目资金，四是帮助拓宽销售渠道，五是帮助改善人居环境，六是帮助顺利完成学业，七是帮助关怀孤残老弱，八是帮助实施医疗救助，九是帮助提升文明素质，十是帮助强化法制观念。

省委主要领导说的“贫困不除，愧对历史；群众不富，寝食难安；小康不达，誓不罢休”这句话，被播州区委书记黄国宏记得牢牢的，接受我采访时，他一直重复这句话，看来，他切身体会到了这句话的分量。黄国宏的自信和务实，给我留下了深刻的印象。他说：“人民对美好生活的向往就是我们的奋斗目标，我们要把这句话真正落到实处。这些年实施小康工程，通过‘四在农家·美丽乡村’累计打造二十个类似花茂村甚至高于花茂村的示范村，再结合现代高效农业园区的建设，推动农旅、文旅、工旅、商旅一体化发展，带动农民实现持续增收，打造了一张‘乡愁播州’的亮丽名片。通过实施幸福工程，抓好安居、教育、健康等与群众生活息息相关的生活实事，启动实施七百多个重大民生工程，城乡基础设施明显改善，群众获得感普遍增强。”

我再次看到潘克刚，是在二〇一七年十月十九日《新闻联播》对党的十九大的报道中。当习近平总书记来到贵州省代表团参加讨论时，潘克刚将花茂村近两年来的发展变化向总书记做了汇报，还把一张展现花茂村新貌的照片送给习近平总书记。习近平总书记高兴地说：“这是风景画，很漂亮。”

潘克刚回到花茂村的第一件事就是宣讲十九大精神，地点就在“红色之家”的院子里。他向大伙儿仔细介绍十九大的盛况和自己参会的情况。当回忆起与习近平总书记见面时的场景时，潘克刚十分兴奋，他说：“能够参加党的十九大，非常激动，我深受教育，备受鼓舞，这是一次终生难忘的人生经历。”

王治强忍不住抢话道：“潘书记，总书记有没有提到我们乡村旅游今后该怎么搞？”王治强经营着“红色之家”，正是因为当年习近平总书记来到了“红色之家”，他才从此走向了致富的康庄大道，他最关心的当然是乡村旅游，这也是花茂村村民普遍关心的问题。潘克刚激动地说：“我向总书记汇报现在乡村旅游成了花茂乡亲致富新路时，总书记嘱咐：既要鼓励发展乡村农家乐，也要对乡村旅游作分析和预测，提前制定措施，确保乡村旅游可持续发展。”

潘克刚的宣讲就这样一问一答地持续了一个下午，“红色之家”院子里的乡亲们一直笑声不断。他们的笑是由衷而幸福的。

这里是一块红色的土地，这里的人民曾哺育了共产党领导的中国工农红军，对红军、对党有着深厚感情。

精准扶贫的深入实施，使得花茂村、苟坝村旧貌换新颜。

潘克刚满怀憧憬地说：“相信花茂村的未来会越变越好。花茂村还要继续坚持发展乡村旅游和农特产品种植，让乡亲们吃上‘旅游饭’，让生态变成‘摇钱树’，让‘乡愁’成为‘大品牌’。让我们这幅‘风景画’更加美丽，以此来感谢党中央和总书记的关怀。”

花茂村是怎么变更为这么美好的一个名字了呢？是谁取的呢？我没有得到确切的回答。唯一确认的是，花茂村已是远近闻名的美丽乡村，更是“百姓富、生态美”的模范村。

我在花茂村前后生活了大半年，为的是写好一部反映精准扶贫的长篇电视连续剧剧本，当我海量采访后正思考如何下笔时，党的十九大胜利闭幕，这是我们的新时代、新起点、新征程，吹响了中华民族伟大复兴的号角。习近平总书记那句气贯长虹的话——“中华民族的面貌发生了前所未有的变化，中华民族正以崭新姿态屹立于世界的东方”，还在我耳畔回响，我的大脑里闪现出的片名是《花繁叶茂》。是的，马鬃岭山下的花茂村和苟坝村不再是脏、乱、差的贫困村了，现在它们繁花似锦、美丽和谐。在这样的环境中生活，是很有诗意的。于是，在创作《花繁叶茂》剧本的间隙，我大脑里总是不断出现一首诗，而这首诗，又变成了一段如泉水叮咚般的旋律，在我耳边婉转悠扬地响起。我想，在这花繁叶茂的伟大时代，我何尝不是在倾听花开的声音呢？

不仅我听到了花开的声音，我想，全国人民、全世界人民也都听到了。

第三章　看万山红遍

我在乌蒙山腹地的海雀村深入生活，有了这样的认识：如果说，时任中共中央书记处书记的习仲勋同志于一九八五年对海雀村事件的批示拉开了当地有组织、大规模扶贫的序幕，那么，习近平新时代中国特色社会主义思想指引下的精准扶贫战略全面展开，在二〇二〇年全国人民一个都不落下得以实现同步小康，将为这场人类历史上最伟大的扶贫攻坚战画上圆满的句号。

如果说，习仲勋同志的批示上那三个力透纸背的惊叹号是对官僚主义的严重警告和批判，那么，习近平总书记庄严宣告在二〇二〇年全面建成小康社会，完成人类历史上最伟大的工程，就是对“把人民利益放在第一位”这一执政理念的最好诠释。这项工程，举世瞩目，将赢得全世界人民的尊敬。

在乌蒙山区深入生活的那些日子里，我目睹了精准扶贫给老百姓的生活带来的巨大变化。在与老百姓促膝谈心的过程中，我感受到他们感恩共产党、热爱人民领袖习近平的感情是真挚而纯朴的。

在采访中，我与当地老百姓朝夕相处，对于他们的这种感情，我感慨万分。于是，我撰写的关于精准扶贫的报告文学便有了一个温暖的名字——《报得三春晖》。

我无数次被采访中的人物和事迹所感动，更无数次感到心灵的震撼。友人说看了我撰写的关于花茂村的报告文学《花繁叶茂》，很感动。他说："我给你提供一个感人的故事，发生在你的家乡，只要你回来实地采风，我相信你一定不虚此行。"我说："为什么？你说来听听。"他说："你写花茂村，讲述了一个贫困村在实施精准扶贫后，变成了一个远近闻名的小康村的故事，而我想跟你讲述一个资源枯竭型城市浴火重生、凤凰涅槃的故事。这个故事，你说分量够不够？"我说："你说的是铜仁万山吧？"

当然要眼见为实，写完《报得三春晖》的第二天，我忍不住驱车赶往万山。万山距贵阳近四百公里，驱车需四个小时左右。在这四个小时的旅途中，人还没有到万山，我的思绪已经萦绕在铜仁万山那些往昔的记忆中。

万山于我而言，是神秘和向往之地，我的出生地铜仁市碧江区与万山区距离很近，虽然我很少去万山区，但并不影响我了解那里。父亲作为一名地质队员，参加过万山汞矿大会战。我小时候，父亲就给我讲过无数关于万山的故事，最让我记忆深刻的是发现老虎的故事。父亲说，万山冬天的那个雪啊，太大了，一脚踩下去雪能没到膝盖，老虎没有吃的，经常在地质队的简易房周围徘徊，留下深深的足印。地质队的简易房是用竹条编织的，黄泥敷在竹条上，就算是一面墙了，但这样的墙并不结实，北风一吹，时常会有泥屑掉落，久而久之，泥墙也就变成了竹墙。父亲从竹条的缝隙中甚至看见过豹子、老虎的身影。房子里虽然生一盆炭火，父亲和同事们并不担心一氧化碳中毒，因为房子到处漏风。室内的温度当然很低，北风呼啸着，从竹条的缝隙中挤进房内，钻进耳朵，刮在脸上，像刀锋抚过人面，火辣辣的。有一次，父亲睡不着，起床出门上厕所，猛一抬头，看见石坎上坐着一只老虎，正盯着他看，吓得父亲转身闪进房内。幸亏那时候父亲年轻，身手敏捷，要不然可能就没有我的存在了。我是一九六五年出生的，父亲遇虎，是一九五八年的事。这个故事，就是我对万山最初的印象。

长大后，我也成了一名地质队员，走遍了祖国的山山水水，但我的地质找矿工作从未踏足万山，因为那时候万山汞矿已经临近枯竭。即便我到万山的群山中从事地质找矿工作，也不用像我父亲一样担心被野兽伤害了，因为这个时候，不要说老虎，狼都在万山没有了踪迹。

万山的名气实在太大，大到几乎每一位铜仁人都会把万山挂在嘴上。那个时候，大家对万山众说纷纭，负面的多，正面的少。比如有人说，万山没有蚊子。乍一听，没蚊子好啊！万山没有蚊子，当然好啊，可是这个“没有”令人恐惧。众人谣传万山汞蒸气泛滥，空气中弥漫着汞毒，蚊子都被毒死了。

既然蚊子都被毒死了，那么，在那里生活就是一个慢性中毒的过程。这个传言够令人恐惧吧！还有个更可怕的有点危言耸听的说法是，万山这座城市，随时可能坍塌，因为采矿，地下都被挖空了。

二〇〇八年五月十二日，我与友人在兴义市行政学院宿舍创作，我在楼下，他在楼上。下午两点半左右，我感觉到身子有点晃，起初我以为是因为创作时间太久，有点眩晕，一定神，发觉不对，不只是我摇晃，整个房屋都在摇晃。

当时，我并没有往地震方面去想，因为贵州不在地震带上，贵州历史上也没有发生过大地震。房屋摇晃了一会儿，就不再摇晃，我也没把这当一回事，继续搞我的创作。

一个小时后，我听见友人急促的脚步声，他咚咚咚地从楼上下来跑进了我的房间。他说："完了完了完了。"我看见他慌乱的样子，有点好笑，说："完什么完？"他说："万山完了，万山整个城市坍塌了！"我说："瞎扯哦。"他说："是真的。"我说："我们在兴义，离万山有七百多公里，你看见了？"他说："铜仁有人打电话来说的。"他这样一说，确实吓了我一跳。

以我地质找矿的经验，我认为汞矿的开采应顺着矿脉洞采，而汞矿主要产于石灰岩当中，岩体相当厚实，即使有地震发生，最多也是局部坍塌，何况万山不在地震带上。

我之所以被他的话吓了一跳，是因为这是铜仁人说的。万山是铜仁的一个区，铜仁人说万山坍塌了，确实让我这个铜仁人心慌。虽然内心有点怀疑，但我还是对友人说："这不可能。"我拨打手机询问，铜仁市文联的同志告诉我，有这个传言，他也问了万山的朋友，人家说没有坍塌。我放下电话，嘲讽地对友人说："你这个玩笑开大了啊。”他说：“这种事，我哪里敢开玩笑！确实有人打电话告诉我的。”我说：“这些话你也信？危言耸听，以后这样吓人的故事，你自己看见再告诉我。”

一小时后，确切的消息传来，四川汶川发生了大地震。这个震惊全国的大地震，波及许多地方。这很正常。不正常的是，这和万山坍塌有什么联系？为什么那么多人都相信万山坍塌了这个危言耸听的传言？在以后的十年中，只要遇上与铜仁万山相关的人，我都会不断地询问这个传言的起源。生活在万山的人们说：“你说，他说，我说，都在说，哪里还知道源头？”由此我判断，万山许多危言耸听的传言，其实反映了一种心态。有这样的心态，显然是不正常的，但是，这是不是能说明，万山正处在一个不正常的时期呢？

显然，这样的结论是毋庸置疑的，从二〇〇一年十月十八日，万山汞矿宣布政策性破产关闭后，情形尤为严峻，一直持续到二〇〇八年。

万山曾经辉煌过，汞矿职工的福利待遇非常好，是这一带老百姓羡慕的对象，即使是万山的地方干部，也是非常羡慕的。如在二十世纪七八十年代，万山地方干部的月工资大致在三十元左右，而汞矿工人的月工资可达一百余元。而到了二〇〇六年，竟然流传着原汞矿职工偷农民的红薯充饥的故事，让人唏嘘不已。

这个故事很感人：一名原汞矿职工，在农民的地里偷挖了几斤红薯回家，农民追上门来一看，这名原汞矿职工比自己还穷，家徒四壁，锅里清汤寡水的，不由得心生怜悯，说：“你以后想吃红薯，尽管去我家地里挖。”这名农民回到村里，感慨万分，说给村民们听，村民们也深表同情，村主任说："哎呀，我看，人家都这样了，以后他们来拿点红薯、拿棵白菜的，大家记住，睁一只眼闭一只眼。"村民们也纷纷表示赞同。村主任没有用"偷"而是用"拿"，可见他是动了恻隐之心。

这个故事就这样流传开来，而且流传很广。

类似于这样的故事还有很多，不同于这样的故事也有很多。由此我们也可以想象，当时的万山处于怎样的一种境况。从时任中共贵州省委书记石宗源的话——"贵州的稳定看铜仁，铜仁的稳定看万山，万山的稳定看汞矿"，我们可见一斑。

那时候，贵州汞矿的职工在省委门口搭帐篷上访，时任贵州省委书记石宗源、时任贵州省长林树森高度重视，为此制定解决措施，首先解决当地教师"同工不同酬"的现象，再逐步解决住房、就业、医疗和教育等方面的问题。

但这样的问题，不是一两天就能解决的，贵州铜仁万山汞矿是一家老企业，离退休和在职人员共一万多人，子弟众多，这确实是一个棘手的问题。

二〇〇一年，铜仁万山汞矿破产的消息得到证实后，我非常感慨，写过一篇名为《断河》的小说，发表在《当代》二〇〇三年第五期，紧接着《新华文摘》也转载了。这部短篇小说从英国人在万山开采丹砂说起，一直说到二〇〇一年铜仁万山汞矿宣布破产，时间跨度近两百年。在小说的结尾，我写道：

在世纪末充满沧桑的一天里，被誉为汞都的特区却因为

汞矿石枯竭而宣布汞矿破产。汞矿没有了,城市还存在。这个城市还继续是特区政府所在地。

采过汞矿的土地是不能复垦了,汞是一种对人体有害的东西,种出来的粮食一定会含汞超标,太不符合人类食品的健康要求。

是的,当老虎岭没有了老虎,当野鸭塘没有了野鸭,当青松坡没有了青松,或者,当石油城没有了石油,当煤都没有了煤,这也是一种味道。

从这篇小说,可以看出当时我对资源枯竭型城市的绝望。

万山地处武陵山脉主峰梵净山的东南部,这里因盛产朱砂被誉为“中国汞都”“丹砂王国”,闻名天下。一九六六年,经中共中央、国务院批准,成为共和国第一个行政特区,二〇一一年,经国务院批准,撤销万山行政特区,设立万山区。在这四十五年中,万山行政特区最重要的部分万山汞矿,曾为共和国的经济建设做出过巨大贡献,特别是在二十世纪六十年代,为偿还苏联外债做出大贡献,周恩来总理曾赞誉其为“爱国汞”。

说到汞矿,还要普及一下常识。朱砂、丹砂、辰砂都是同一种矿石,只是叫法各异。经高温烧制后呈液态,俗称水银,也就是汞。汞在元素周期表中位列第八十位,元素符号 Hg,是常温常压下唯一以液态存在的金属,呈银白色,这种具有闪亮光泽的重质液体,不溶于酸,也不溶于碱,在常温下即可蒸发,形成汞蒸气和汞的化合物,有剧毒。世界卫生组织国际癌症研究机构公布的致癌物清单中,汞和无机汞化合物位列其中。

万山丹砂的开采历史,可上溯到西周时期。据《万山志》记载,西周武王时期,从西北方来了一个梵姓女子教当地土著在崖壁上沿着丹脉敲凿取丹,久敲久凿而成洞穴。梵氏将丹砂献给武王,武王服之,不仅治好了心悸不宁的毛病,而且神清气爽,颜面红润,体力倍增。武王大悦,敕封产丹之山为“大万寿山”,万山从此以丹驰名。此后,秦方士徐福曾由苏州到万山两次索取丹砂,以供帝王陵墓防腐之用,炼取丹丸,称之为“长生不老药”。看来以丹砂提炼的长生不老之药并不能使人长寿,要不然徐福也不可能出海寻找长生不老之药。

据《本草纲目》记载:朱砂,亦名丹砂,为本经上品。以丹为朱色之名,故称朱砂,有清心、镇惊、安神、明目、解毒的功效。

人们对丹砂的认识过程是漫长的,丹砂被视为亦正亦邪之物,正,即《本草纲目》之说;邪,即方士“长生不老药”之说。历史上,著名的“红丸案”,就是丹砂惹的祸,为明末三大案之一。

明泰昌元年(一六二〇年),光宗病重,炼丹方士李可灼进献红丸,称之仙丹。光宗服后,刚开始精神爽朗,下旨赏了进献红丸的李可灼。不想再服之却病入膏肓,继而死去。有人怀疑是郑贵妃唆使下毒,旋即展开了一系列追查元凶的举动。其间,党争与私仇夹杂其中,连坐罪死者甚众。这件因红丸引发的宫廷案件,史称“红丸案”。

贵州是全国唯一没有平原的省份,山多是这块土地最明显的特征。贵州西部有雄伟壮丽的乌蒙山脉,东部有峻峭旖旎的武陵山脉，这是贵州两条最大的山脉，美丽但极度贫困，在中国现有的十四个“集中连片特困地区”中榜上有名。

但在我的记忆中，我的家乡铜仁市并不贫困。我没有过食物匮乏的记忆，倒是食物的丰富和特色给我的味蕾留下不可磨灭的记忆。那时候，我的哥哥姐姐们已经离开故乡到外地就业，他们总埋怨外地食物的匮乏，而母亲总能想方设法给他们寄去大米和一些故乡特产。我总是庆幸自己生活在铜仁，我相信和我有着一样经历的故乡人，都有着和我一样的感受。那时候，作为一名铜仁人，我们是很骄傲的，更何况《贵州府志》佐证了我们的骄傲。府志上说：黔中各郡邑，独美于铜仁，乃“鱼米之乡”也。但这样的骄傲并没有持续多久，人口倍增，经济发展滞后，铜仁后来被列为贫困地区也就不足为怪了。

我常行走在云贵高原云盘山东延的地带，这里万峰成林、云雾缭绕，神奇而美丽。这里是我的故乡，是我的出生地。人生最美好的时光莫过于青少年时期，那些青春时期的梦想和记忆，化作促使我不断回到故乡、行走在故乡的情怀。

我的故乡就在武陵山脉主峰梵净山的山脚下，它商时为荆州之域，周时属楚，秦时属黔中郡，汉时属武陵郡。武陵郡的设置时间，据《水经注·沅水》记载，为“汉高祖二年，割黔中故治为武陵郡”。

武陵山区，东临两湖，西通巴蜀，北连关中，南达两广，是中国各民族南来北往频繁之地。武陵山区面积庞大，区内聚居着土家、汉、瑶、苗、侗等许多民族，西南官话使用人数最多，少数民族的语言有苗语、侗语、土家语、瑶语等。武陵山区以武陵山脉为中心，山系连绵不断，蜿蜒千里，延伸至湖南、湖北、贵州、重庆、四川境内，总面积十一万多平方公里，总人口两千三百多万人，其中，土家族、苗族、侗族等三十多个少数民族一千一百多万人，约占总人口的百分之四十八。这个区域是连接中原与西南的重要纽带，是中国区域经济的分水岭和西部大开发的最前沿。它集革命老区、民族地区和贫困地区于一体，是跨省交界面大、少数民族聚集多、贫困人口分布广的连片特困地区。

近些年忙于创作，很少听闻铜仁万山的消息了，这是不是印证了一句谚语：没有消息反而是好消息？这不，好消息就来了。友人说："万山浴火重生，凤凰涅槃了。"这样的消息，无疑给我带来了意外和惊讶，我必须亲自去看看，因为那是我魂牵梦绕的故乡。

经过三番五次的走访、实地勘察，可以说，我把眼见为实进行到底了。

那天离开万山时，我站在云盘山上，一览众山之小，云雾间升腾起一股磅礴之势，这样的气势来自太阳的光辉。那时候，阳光四射，光芒在莲花般的云朵里弥漫开来，天地间豁然开朗，一刹那间，我的心充满光明。"看万山红遍，层林尽染"，毛泽东主席脍炙人口的名句，从我心中涌出。

忆往昔，毛泽东主席曾经以《星星之火，可以燎原》这篇文章回应了那个时代对革命产生动摇的一些人。这篇文章，指引了革命的方向，坚定了共产党人的信念，从而完成了人类历史上伟大的长征，并成立了中华人民共和国，苦难深重的中国人民从此站起来了。

而今天，习近平新时代中国特色社会主义思想深入人心，凝聚人心，明确了中国共产党新的奋斗目标，坚定了中华民族的自信，从而形成了万众一心跟着共产党、为实现中华民族伟大复兴的中国梦而努力奋斗的巨大动力。

新的时代、新的长征，人民感恩共产党，拥护核心，热爱领袖，必将创造人类历史上最伟大的奇迹，中华崛起不可阻挡。

万山区化蛹为蝶、凤凰涅槃的故事，佐证了习近平新时代中国特色社会主义思想的本质所在。事实证明，只要我们贯彻落实、深入领会习近平新时代中国特色社会主义思想，时刻牢记习近平总书记教给我们的方法论，在“学懂、弄通、做实”上下功夫，那么在中华民族伟大复兴的号角吹响之际，在我们前行的路上，就能做到攻无不克、战无不胜！

要在“学懂、弄通、做实”上下功夫，办好“新时代农民、市民讲习所”就是最好的抓手。截至二〇一八年五月底，万山区共开展八百余场次讲习，宣讲十九大精神、习近平新时代中国特色社会主义思想以及“精准扶贫”和农科技术。万山区共有一百一十个固定讲习所，区、乡、村固定讲习员五百零八名，受众人次达二十八万。

对于一个只有二十七万人的区来说，累计二十八万人次的学习，可谓在“学懂、弄通、做实”上下足了功夫。事实证明，只要下足了这样的功夫，脱贫攻坚、同步小康的事业就能立竿见影。以下数据，就是最好的证明：关于贵州省二〇一七年脱贫攻坚成效考核情况的通报，共分为差、一般、较好、好四个评级，其中十五个县考核评级为好，万山区在“好”中排名第一位，其次是三十五个县考核评级为较好，十一个县考核评级为一般，四个县考核评级为差。

我在高楼坪乡夜郎村采访时，听说新时代农民讲习所正在宣讲，很想去体验一下，不巧的是，当我走到讲习所时，宣讲已经结束了。这时，一位满脸皱纹、笑眯眯的老人走了出来，见她一脸的笑，我忍不住想和她聊几句。

我走上前说：“老人家，贵姓啊？今年多大年纪了？”

她说：“我姓余，今年七十五岁了。”

我说：“宣讲内容您都听得懂吧？”

她频频点头说：“听得懂，听得懂。”她一边说，一边从背包里取出一个又大又厚的笔记本，在我面前摊开。我一看，里面密密麻麻地写下很多字，都是关于讲习所的宣讲内容的。

我有些惊讶地问她：“您来听过多少次了？”

她说：“我每次都来。”

我拿着她的笔记本又翻了几页，看见一长段似打油诗又似歌词的文字，我问她：“这是什么？”

老人有些腼腆地笑了起来，说：“这是我写的歌。”

我一下子来了兴趣，我说：“老人家，能不能请您现在唱一段？”

老人有些犹豫，见我很真诚，便愉快地唱了起来。她的歌用的是《洪湖赤卫队》《刘三姐》《天仙配》的曲调，唱的却是她新填的词。

她唱歌的时候，见我很认真地在听，便来了精神，一首接着一首变换着曲调唱，不给我打断她的机会。我也不打断她，索性让她唱个痛快。她唱得很快，由于年纪大，口齿不是太清，但我还是大致能明白她唱的是什么，比如：“没有劳力也要奔小康，快快乐乐把晚年过。”“你把家庭搞富了，老婆不会和你吵；你把家庭搞好了，老婆也就不会跑。”“精准扶贫就是好，脱贫一个都不少。”“十九大精神闪光芒，照得我们心里亮堂堂。”

这位老人家确实唱得很痛快，一唱就是半个小时。她终于停下来，开始翻她手中的笔记本，有些不好意思地对我说：“年纪大了，有点记不住了。”然后，她又开始唱了起来。她先唱贫困户助学建卡的内容：“学前、小学补助六百元，初中补助一千元，高中补助三千元，中职补助三千五百元，大学补助三千七百元。”然后再唱贫困户医疗保障托底救助：“以前看病真是难，现在看病真方便，大病小病有保障，不用担心不害怕。”

说实话，我还挺佩服她的，她能反复用《洪湖赤卫队》《刘三姐》《天仙配》的曲调把这些词唱出来，确实不容易。

从与她的交谈中我了解到，她文化不高，却很善谈，不懂作曲，却对耳熟能详的《洪湖赤卫队》《刘三姐》《天仙配》曲调运用自如。她说：“现在吃穿都不愁了，才能有闲心写歌唱歌。”

后来从村干部那里了解到，这位老人叫余秀英，原来是夜郎村的贫困户。她家有六亩多地，仅土地流转的收入每年就有四千八百余元，逐年还会增长，除此之外，还有低保和养老金维持正常生活，还能在合作社里分红。前几年，她和老伴儿住进了一楼一底的新房。她每次都参加村里组织的讲习活动，通过讲习所，她对十八大、十九大以来各项惠农政策非常熟悉。一些吃不透政策的村民还经常找她，她给他们讲得头头是道。村干部说：“可以说，她是我们业余的讲习员。”

据了解，万山区各乡镇（街道）脱贫攻坚工作组每周安排两个晚上，在所辖社区和村庄的新时代农民讲习所放映正能量纪录片，如《情系梁家河》《中国习近平时代》《大国崛起》《创新之路》等，用影像把近年来我国取得的历史性发展、创造性改革、蒸蒸日上的生活风貌真实地呈现出来，使每一名老百姓都能够切实感受到祖国的进步与腾飞、繁荣与昌盛。

那天，我走访参观了三个村和一个社区的新时代农民、市民讲习所，感触很深，万千思绪萦绕心头，使我久久不能平静。这种激动，一直延续至我采访铜仁市委书记陈昌旭时。

在交谈中，我当然要谈到在万山的“眼见为实”，这些眼见，有讲习所的见闻和精准扶贫的实例。我认识到“新时代农民、市民讲习所”是“学懂、弄通、做实”的抓手。

他说：“沧海横流方显砥柱，万山磅礴必有主峰。习近平新时代中国特色社会主义思想已成燎原之势，万山红遍。”

我脱口而出：“看万山红遍。”

我要写的文章立刻有了一个醒目的标题：《看万山红遍》。后来，当我结束了万山区海量的采访，在电脑屏幕上打出“看万山红遍”时，我想，《看万山红遍》中的这个“万山”，一语双关，不仅仅是我脚下的这块土地，“万山”这个概念，还是祖国大地的万水千山、千山万壑。

按照省委、省政府对铜仁市提出的"念好山字经、做好水文章、打好生态牌,奋力创建绿色发展先行示范区"的战略定位,铜仁市委、市人民政府强力推进"一区五地"建设,奋力创建绿色发展先行示范区,打造绿色发展高地、内陆开放要地、文化旅游胜地、安居乐业福地、风清气正净地。发展绿色经济、打造绿色家园、完善绿色制度、筑牢绿色屏障、培育绿色文化,大力实施"六绿"(绿道、绿水、绿城、绿园、绿景、绿村)工程,推进绿色发展先行示范区建设。此外,还加强生态文明制度建设,完善环境保护和生态文明建设机制,严格执行环境保护制度,严厉打击破坏环境的行为。正是不打折扣地遵循了这一战略定位,坚决贯彻落实了省委、市委的决策指示,万山才走出了一条资源枯竭型城市绿色转型的发展之路。可以说,绿色发展理念始终贯穿万山转型全过程。

这次深入采访,我是在震撼和惊讶中度过的。首先我们来看一组数据:二〇〇一年万山汞矿破产时,万山的年财政总收入仅仅为三百二十万元,而且全部来自农业税收入。那时候万山的第一产业滞后,第二产业的主体工业破产了,第三产业几乎没有。二〇〇五年十二月二十九日,十届全国人大常委会第十九次会议决定,自二〇〇六年一月一日起废止《中华人民共和国农业税条例》,一个在我国存在两千多年的古老税种宣告终结。自古以来,纳公粮是天经地义的事,种田不纳粮了,是改革开放的一项巨大成果,表明中国已完全具备了取消农业税而不至于影响国家全面发展的经济实力。然而对于那时的万山来说,取消了农业税,它还能有什么收入呢?

从下面这些数据可以看出这个担心是多余的：二〇一七年，万山区的财政总收入为八亿三千万元,生产总值为四十六个亿。

从三百二十万元到八亿三千万元,这样的数据对比一目了然。这样的变化,完全可以用化蛹为蝶、凤凰涅槃来形容。

二〇〇八年以前,万山人缺乏自信。往日的辉煌与当时的衰落形成鲜明的对比,造成万山人的巨大失落,而这种失落弥漫在万山人的心中,久久不能散去。就在那年冬天,一场百年不遇的雪凝灾害袭击了万山，导致万山百分之八十以上的人口无饮用水，通信、电视广播基站全部停止运转,秋冬农作物面临绝收,十万亩林地受灾,一万多头牲畜被活活冻死,四千多户居民的房屋受灾严重,万山所有企业因停水停电而停产,部分企业厂房倒塌。四乡一镇十七个行政村四百二十八个村民组受灾,受灾面积占总面积的百分之九十二点六。

走访原万山常务副区长吴泽军时，他依然感慨万分。他说：“我们这里的雪凝叫桐油凝,与北方的雪有区别,北方的雪下得再大,脚一踩上去就是一个深深的脚印,也不会太滑;桐油凝就不一样了,别说脚印了,就是拿铁锹、锄头去铲去挖,坏的一定是铁锹和锄头。那个桐油凝啊,冻得梆硬的,一尺多厚,滑得像冰砖上抹了桐油,不要说行走,站都站不住。那时候我们急啊,村寨、村民组都散落在几百平方公里的群山里,也不知道他们怎么样了,我们只好集中所有的干部，分成十几个小组分头到各村寨查看灾情。路滑山陡,非常危险,每个小组带着绳子和稻草。绳子的作用是互相有个牵扯，以免人员滑下山坡，稻草的作用是捆在鞋底防滑。路途比较遥远，走不了多久，稻草就被磨断了，要不断地换稻草，所以每人身上都背了一捆稻草。”

原万山镇副镇长杨尚英接着说：“那个时候持续断电二十多天，因为煤油几乎拉不进来，蜡烛、煤油价格高得出奇，原本两角一支的蜡烛涨到了两元，最高涨到了十元一支。这样肯定不行啊，我们必须得想办法。这桐油凝和雪不一样，冰雪一撒盐就能消融，桐油凝上撒盐毫无效果，我们只好在路面上垫石砂，汽车轮胎加挂铁链条。即便这样，汽车也常常滑进路旁的沟里，而垫的那些石砂两个小时后又被凝冻覆盖。这么长的路，垫石砂成本太高，我们也垫不起啊。抢运进来的蜡烛和煤油都平价销售给受灾群众，群众的焦躁情绪得到了一定的缓解。”吴泽军说：“哎呀，平常五分一斤的小白菜，那时二十元只能买到一小捆，也就两三斤。你说，那个时候万山的干部、职工收入本来就不高，这样一来，他们的生活更是雪上加霜。”

那一个冬天，是万山人永远铭记的一个冬天，当他们的心都要冻僵的时候，来自中央的问候温暖了每一个人。这个问候，是时任中共中央政治局常委、书记处书记的习近平同志带来的。

走访冲脚社区党支部书记田茂文时，他说起来依然十分激动。他说：“可以说，没有习近平总书记的万山之行，就不会有万山区的今天。那天是二〇〇八年一月三十一日，农历腊月二十四，星期四，事前，我们只知道有中央首长来，并不知道是谁来，大约下午一点四十分，车来了，首长一下车，那个气场就把我们惊呆了，那个高大啊，和蔼啊，给人的踏实感啊！因为到我们社区来嘛，我就带路，习总书记就问：这是一个什么单位？我说：这是一个社区，是原来万山汞矿的一个主要生产单位，汞矿关闭后，变成了一个职工的托管社区，叫作冲脚社区。习总书记一边走一边问，我也就一边走一边汇报情况。”

吴泽军插话给我介绍说：“二〇〇八年的冲脚社区后来合并到犀牛井社区了，冲脚社区是万山汞矿关闭时成立的十个职工托管社区之一，从人口上讲是万山区第二大职工托管社区，关闭前叫‘贵州汞矿四坑’。‘坑’，是二十世纪五十年代按苏联模式命名的矿山二级生产单位。一坑、二坑、三坑……贵州汞矿共有十八个坑。四坑这个地方，是全矿的主要生产单位，采、选、冶全有，偿还苏联外债的时候是牵大头的，有九座高炉，别的坑也就是一两座高炉。四坑的技术力量也是比较雄厚的，职工来自全国各地。汞矿关闭的时候，尽管政府对职工实行了社会职能单位移交安置一批、按政策提前退休退养安置一批、解除劳动关系一次性安置一批、资产重组分流安置一批、劳动托管服务中心过渡性安置一批的‘五个一批’安置措施，但万山人赖以生存的矿山倒闭，周边区县又无其他支柱产业，职工就业非常困难，所以生活困难的家庭比例相当大，往往一个人一千多元的退休金要养活祖孙三代五六口人。当时的冲脚社区有一千八百多人，从二十世纪九十年代中期开始，矿山就发不出工资，到二〇〇八年，绝大多数家庭一家五六口人还住在四五十平方米的工棚里，四十岁以上的未婚大龄青年就有六十七名。所以，当时我们的社区工作很难做啊！幸亏我们还有一百零四名党员，这对我们社区的稳定做出很大贡献！这个事啊，田茂文同志起了大作用，他原来是汞矿科研所的书记，转岗到社区当书记，原汞矿的职工们对他很信任。”

田茂文接着说：“我在汞矿工作了几十年，太熟悉他们了，所以首长来的时候，领导叫我来介绍情况。我先把首长引到了杨通宝家。为什么要选杨通宝家呢？是因为在万山，他很具有代表性，他七十八九岁了，参加过淮海战役，当过志愿军，转业后一直在矿上工作。从二十世纪五十年代的汞矿人会战，到偿还外债，再到二十世纪七八十年代创造辉煌，做了很大贡献。跟社区绝大多数人家一样，汞矿破产后，他家里比较困难，住房也很破旧。首长一进门就对杨通宝老人说：‘老人家，辛苦了！党中央、国务院十分牵挂受灾群众的生活，派我来看望、慰问大家！’

“然后，首长就问一些情况，比如家里有没有米啊、有没有水啊，又问老人的身体状态、退休工资和家庭收入情况以及基层政府对社区居民的关心情况等。杨通宝老人是老党员，他能够真实地反映遇到的困难。他给首长反映了凝冻后水电断了、照明用的蜡烛不够等问题。总书记听后，当即对在场的干部和我吩咐，像蜡烛这样的生活必需品，一定要想尽一切办法保证供应。要妥善安排好受灾群众的生产生活，让受灾群众有饭吃、有衣穿、有房住，最好能有电视看。春节就要到了，还要让大家能够吃上年夜饭。

“在这个过程中，杨通宝老人讲不出话来，激动啊！我只得代表社区群众见缝插针补充汇报一些情况。凝冻一个多月里，我们组织了一个送水队，发动年轻党员、团员，用冰车拉水，给身体不好、行动不便的七十岁以上老人送到家里；我们还成立了应急巡逻队，为困难群众搬运救灾部门送来的柴米油盐，检查居民家中防火情况，预防一氧化碳中毒，每天定时去敲敲空巢老人的门，预防老人出意外等。首长听完我的汇报以后，对我和在场的干部说：‘一定要发挥好党组织的战斗堡垒作用，不能让群众没依靠！’

“从杨通宝家里出来后，首长又在他家门前察看周边房屋的情况，跟杨通宝老人合影、寒暄。这个时候，周边群众知道中央首长来了，就从四面八方拥了过来。我当时很担心啊，汞矿破产后，由于客观条件的限制，居民的就业、收入、住房等困难积累了十多年，很多人心理不平衡啊，我怕他们对首长说一些有失分寸的话。

“习总书记真是伟大啊！按说他这样大的领导有一级警卫，来了那么多群众，当地领导都很紧张，但首长径直走到群众当中，本来闹哄哄的场面一下子安静下来，首长和蔼地即兴对大家讲起话来。时间久了，我也记不太清，大概意思是：万山的困难中央已经知道了，万山受到的灾害，党中央、国务院很关心，胡锦涛总书记非常惦记，委托他来看望大家，大家在灾害面前能够相互支撑、相互帮助、紧密团结，他很感动。请大家相信，党和政府一定会采取有力措施，全力以赴打好打赢抗灾救灾这一仗，一定让大家在大灾之年过一个欢乐年、祥和年！

“习总书记的话，句句说到了我们社区群众的心窝里，有的本来是想来诉苦的，听到这些话，都忍不住鼓起掌来。那掌声太热烈了！

“接下来，我就引着首长去李来娣家。为什么选她家呢？李来娣身体不好，汞矿破产后自强不息，一直带病努力打拼，省吃省喝也要供女儿读大学。她比较有代表性。

“进到李来娣家不久，她家隔壁邻居听说中央首长来了，好几名下岗或退休的女工都挤了进来，婆婆妈妈地跟习总书记念叨。习总书记对困难群众那个耐心啊，我真是见识了。他不但不烦，反而问得特别细致。李来娣说：‘天气太冷了，躺在床上盖了三床被子，还是冷得糠糠抖。’习总书记没有听明白这句方言，我给习总书记解释：‘这房顶是竹席子搭的，用竹篾子敷泥巴做的墙，冬天漏风，人也就感觉格外冷。’

“习总书记临走时，给他们每人赠送了被子、棉衣和慰问金。”

田茂文说到这里时，我看见他已经热泪盈眶。常言道，男儿有泪不轻弹，何况已经过去十年了，可以想象，田茂文当时是多么的激动。

我是在一家俄罗斯风情餐厅的阁楼阳台上采访田茂文的，这是一座苏式建筑风格的小楼，原来是苏联专家办公、住宿的地方。

二〇一五年，万山区政府通过招商引资引进了一家省外文旅企业，按照5A级标准对原废弃的汞矿遗址进行整体连片开发。投资二十亿元建设中国第一个以山地工业文明为主题的矿山休闲怀旧小镇——朱砂古镇，现已建成悬崖泳池、汞矿博物馆、玻璃栈道、影视基地、万亩红枫林等景点。朱砂古镇聘请俄罗斯厨师和服务员，在汞矿原苏联专家楼建起了俄罗斯风情餐厅，对原汞矿废旧生活区进行改造，通过人文塑造、还原生活场景等表现方式，建成规模宏大的影视基地，让游客可以真切地感受时代脉搏，追寻不同年代的时光记忆。景区开放仅一年多时间，接待游客就近三百万人次，实现了从三年前的人迹罕至、危楼遍布、上访频发的老旧矿区，向商贾不暇、车流不息、安居乐业的旅游新区的转变。

来万山之前我做了功课，在网上搜集了二〇〇八年雪凝灾害期间，时任中共中央政治局常委、书记处书记的习近平同志慰问万山的新闻报道。他指出，这次自然灾害考验着各级党组织和政府的执政能力、应急能力，考验着党员干部的素质和作风。他要求广大基层党组织在抗灾救灾中充分发挥战斗堡垒作用，在宣传群众、组织群众、带领群众、服务群众中真正成为群众的主心骨；共产党员要在抗灾救灾中充分发挥先锋模范作用，以实际行动为党旗添光彩。各级领导干部要切实负起领导责任，带头深入灾区第一线，特别要到灾情最重的地方去，把温暖送到千家万户，真正做到“雪中送炭”。

我充分感受到了一位中国共产党领袖的博大情怀。到了万山区后，在实地采访中，我无数次被震撼、感动，真切地感受到了“任何时候都必须把人民的利益放在第一位”的执政理念是那样地深入人心，受到人民的衷心拥护。

只有亲自到这里来，亲自去看，才能真实地感受到人民群众对人民领袖的那份爱戴之心、感恩之情。

我和田茂文坐在阳台上，喝着万山区刚出的新茶。俄罗斯风情餐厅地处朱砂古镇的中心，左边是朱砂广场，右面是悬崖酒店和悬崖泳池，还能看见远处的空中观光索道。看着来来往往的旅游人群，田茂文深情地说："习总书记来了万山区，万山区才有今天的好日子啊！"

我感同身受。采访李来娣的时候，她的感受和我们的是一样的。李来娣一说起习总书记来到她家，眼睛就亮了起来。她说："习总书记来到了万山区，我才有今天的幸福生活。"

如今，李来娣住在一套宽敞明亮的新房里，她笑得非常甜蜜，一脸幸福。她拿出习总书记送给她的棉衣给我看，她说："感谢习总书记，我这辈子都没有想到，我还能住进这么好的楼房！"

是的，当年她住的那种工棚，在万山区早已绝迹。据介绍，习总书记离开万山三天以后，国家发改委、民政部、住建部立即来了一批工作人员，经过一段时间的细致调研后，决定在万山建廉租房和经济适用房，以解决当地居民长期得不到解决的住房难题。国家住建部出大部分资金，地方政府负担一部分资金。廉租房的租房费用为每平方米零点五元，根据房屋大小，年租金在三百元至五百元之间。经济适用房每平方米售价为三百八十元，每套房售价在三万八千元至四万一千元之间。原汞矿职工根据工龄长短再进行补贴，并享受房改政策，工龄长的一些职工，基本能拎包入住。

二〇〇九年三月，国务院将铜仁市万山特区列为全国第二批资源枯竭型城市，从此，万山的脱困和转型发展上升到国家层面。

万山对区情进行再认识，开展了大量的调查研究，广泛征求民意，厘清转型发展思路。

那几年，万山区在省委、省政府的关心下，在铜仁市委、市政府的领导下，逐步向好，稳步发展。近几年，万山区可谓日新月异，经济建设取得了重大突破，现代农业呈星火燎原之势，新兴工业迈出重大步伐，旅游产业全面开花，城市转型大踏步前进，社会事业全面提档升级，脱贫攻坚取得了显著成绩。转型发展过程中，万山区获得了“全国生态文明城市与景区”“中国最佳投资环境城市”“全国农业综合开发县”“国家循环经济示范市核心区”“二〇一七国家电子商务进农村综合示范县”“中国最美特色旅游小城”“中国最佳品质旅游目的地”“全省平安建设先进县”“省电子商务十佳示范基地”等荣誉称号，万山区汞矿遗址被列入中国世界文化遗产预备名单。二〇一六年十月，万山区顺利通过贵州同步小康县达标验收，群众生活水平空前提高，走出了一条有别于西部其他地区、不同于全国其他资源枯竭型城市的可持续发展的新路子。

李来娣告诉我，十九大期间她去了北京，去看习总书记。

我问她：“看到了吗？”

她说：“看到了，在电视上。”

我指着她家的电视机，说：“为什么不在家里电视上看呢？”

她说：“这不一样。”

我说：“怎么不一样呢？”

她认真地说：“在北京看的，就是不一样！看习总书记更近一些！”

说完，她扬起笑脸，一脸的灿烂。这样真诚、朴实的笑脸，非常感人。一位普通的老百姓，怀揣着对人民领袖的无比热爱，不远千里赶到北京，为的是“看习总书记更近一些”，这是怎样一种真挚、朴素的感情啊！

她在北京看十九大时是怎么样的一番景象，不难想象，一定是很感人、很温馨的画面：她端坐在电视机前，全神贯注地聆听着她敬爱的人民领袖讲话。

从李来娣家出来，我一边走一边想，在电视上看习近平总书记在十九大上讲话，其实没有远近之说，但是，这代表了一种人民对领袖的特殊感情。我一再思考她那句“看习总书记更近一些”，脑海里不断地闪出她甜蜜的笑脸和一脸幸福的模样。毋庸置疑，她是由衷地、发自肺腑地在笑。

她一直在笑，我敢说，没有人不会被这样的笑容感染，一股热流涌上了我的心头。如果非要用一句话来概括我们此时的心情，那就是“人民的领袖人民爱，人民的领袖爱人民”。我想，还有什么话能比这句话更贴切呢？

想到这里，我已经走上了云盘山。立足远望，群山巍峨，五彩云霞，阳光明媚，我不由得心生感慨，脱口而出：“沧海横流方显砥柱，万山磅礴必有主峰。”

走访了那么多人，看到了那么多激动人心的事，要想按捺住心中的激动是不可能的，此时此刻，我脱口而出这句诗也在情理之中。事后仔细一想，前半句化用郭沫若的诗，后半句是韩愈的诗，不过，这两句诗合在一起，确实能真切反映我真实的感受。

我在想，二〇〇八年那场百年不遇的雪凝灾害，万山人的心要冻僵的时候，是习近平总书记在人民群众当中那番感人肺腑的话，温暖了万山人民的心，点燃了万山人民的希望。从此，万山人民不再气馁，重获自尊、自信、自强，他们牢记习近平总书记的嘱托，感恩奋进。此后，万山在工业强区、农业惠民、旅游兴业、加快推动转型可持续发展方面取得了可喜的成绩。

习近平总书记心系万山，二〇一三年五月四日，对万山区的发展做出了重要批示："铜仁市万山区 2008 年遭受特大凝冻灾害，这些年来在中央和省的支持下，万山干部群众奋力拼搏，实现了脱困目标，我感到十分欣慰。希望再接再厉，加大工作力度，用好国家扶贫政策，加快推动转型可持续发展，不断提高经济社会发展和群众收入水平，为实现与全国同步全面建成小康社会作出积极贡献。"

时任贵州省委书记的赵克志同志、时任贵州省省长的陈敏尔同志，立刻部署学习总书记对铜仁市万山区工作的重要批示。会议指出，习近平总书记对铜仁市万山区工作的重要批示，情真意切，催人奋进，饱含着对万山区和贵州省各族人民的深情厚谊，体现了对万山区和贵州省发展的关心和关怀，是肯定更是鼓舞，是激励更是鞭策，给了我们温暖，给了我们信心，给了我们动力。会议要求，全省上下要认真学习、深刻领会，把思想和行动统一到习近平总书记的重要批示精神上来，切实增强与全国同步全面建成小康社会的信心和决心，抓住用好国家支持贵州省发展的一系列难得的政策机遇，大力推进经济结构战略性调整、实现转型可持续发展，千方百计保障民生、不断提高群众收入水平，坚定信心、再接再厉、凝聚力量、攻坚克难，推动全省经济社会又好又快、更好更快发展，不辜负习近平总书记的关怀和期望。

一般来说，城市资源可使用累计采出储量已达到可采储量的百分之七十以上，或以当前技术及开采能力仅能维持开采五年时间，就属于“资源枯竭型城市”。资源枯竭型城市转型问题，是世界各国经济和社会发展中都经历过或正在经历的突出问题，例如德国鲁尔矿区和法国洛林矿区。

而对于万山区来说，汞矿的可开采量已经枯竭，累计采出储量远远高于百分之七十。据万山汞矿科研所原副所长、高级工程师张亚雄介绍，万山汞矿到二十世纪末基本无矿可开，二〇〇一年十月十八日宣布破产。破产后虽然实施了“五个一批”政策，然而，很多问题很难得到妥善处理。汞矿是有几十年历史的老企业，历史遗留问题多，现实问题更多，这是一个世界性难题。资源枯竭型城市转型，说起来轻松，做起来难，很多国家在处理这类问题上都举步维艰。资源枯竭型城市，具有四大共性特点：一是随着资源枯竭，产业效益下降；二是产业结构单一，资源产业萎缩，替代产业尚未形成；三是经济总量不足，地方财力薄弱；四是大量职工收入低于全国城市居民人均水平。就当时万山汞矿而言，它符合以上特征并且有过之而无不及。这也符合资源型城市发展的规律，它必然要经历繁荣—衰退—转型—振兴或消亡的过程，因此，资源枯竭型城市的转型是个世界性的难题。

从世界资源枯竭型城市的转型经验来看，不同的政治经济体制下的资源枯竭型城市转型方式是不同的。转型方式的选择往往扎根于更深层次的社会基础，其主要可以分为四类：第一类是美国式的。美国是市场式，政府很少做具体的转型控制，主要做好规划和服务工作，城市是兴盛还是衰败，更多由市场力量和企业自身发展目标决定。第二类是欧盟式的。欧盟式主要是政府引导，制定详细的目标、计划，通过政府各部门、社会各界的通力合作，调整产业结构，促进地区产业进步和经济发展，最终实现区域经济的发展。第三类是日本式的。日本是产业指导下的产业援助，政府根据国内外市场的变化情况和矿产区的实际情况，设定目标和措施。第四类是以苏联和委内瑞拉为代表的自由放任型模式，政府几乎没有采取转型的措施。特别是苏联，国家的体制是计划经济，政府不参与转型，资源枯竭型城市只能停止发展。

就我们国家而言，一旦被国务院确定为资源枯竭型城市，中央财政将给予这些城市财政性转移支付资金支持。根据国务院的要求，资源型城市的可持续发展工作由省级人民政府负总责，省政府要加强对资源型城市可持续发展工作的领导和支持。国务院还要求资源枯竭型城市抓紧制定、完善转型规划，提出转型和可持续发展工作的具体方案，进一步明确转型思路和发展重点。我国资源型城市面临着复杂多样的困境，有很多专家对这种困境进行了分析、归纳、定性。万山的情况，可归纳为产业高度的单一性，或者称为非均衡性。资源型产业既是主导产业，又是支柱产业，城市对资源产业的依赖性很强，造成城市的发展受到限制，城市功能不全，第三产业以及可替代产业几乎没有。

万山真正有效地开始逐渐转型，始于二〇〇八年习近平总书记的到访。总书记没来之前，万山的困境已经到了冰点，再加上那场百年不遇的雪凝灾害，万山人的心几乎都被冻僵了，是总书记温暖了万山人的心，点燃了人们的希望。

如今，万山区的第一产业、第二产业、第三产业全方面发展，取得了可喜的成效。回顾万山区的发展，可谓筚路蓝缕，从第一产业的发展便可见一斑。万山汞矿资源枯竭之前，周边的农民除了种水稻，还可以种点瓜果蔬菜之类的农产品卖给矿上职工，或者在矿区做一些基础设施维修、开间小饭店，可以说，大多数农民的日子还是能自给自足的。汞矿枯竭后，原来过着体面生活的汞矿职工和居民纷纷外出谋生，甚至举家迁走，原来围绕汞矿挣钱的农民收入锐减。于是农田荒芜，空巢老人、留守儿童现象凸现。如高楼坪乡是万山唯一地势较为平缓的产粮区域，青壮年外出打工后，留守老人象征性地在自己家水田里种上稻谷，一亩地每年也就收入几百元。农民的积极性不高，有地不种的人很多。

万山地处武陵山脉腹地，山多地少是这里的特征，贫困也是这一地区的最大问题。从二十世纪八十年代中期开始，这一地区的扶贫工作一直没有间断过，贫困发生率逐步降低，一定程度上缓解了贫困群众的生活压力。但是，这一地区在中国现有的十四个“集中连片特困地区”中依然榜上有名。

二〇一三年十一月三日，习近平总书记到地处武陵山区的十八洞村视察时，对扶贫工作做出了“实事求是、因地制宜、分类指导、精准扶贫”的重要指示。之后，全国掀起了学习习近平总书记重要指示精神的热潮，精准扶贫的科学理念深入人心，解决了扶贫工作长期以来的困境和症结。

我常年在扶贫工作一线采访、深入生活，目睹了精准扶贫实施以来农村发生的翻天覆地的变化。在国家十四个“集中连片特困地区”中，贵州有乌蒙山区和武陵山区，这两个地区贫困人口最多、贫困面积最大、贫困程度最深，是贵州脱贫攻坚的主战场、决战区。作为全国扶贫攻坚战主战场的贵州，要实现同步小康，不拖全国人民后腿，任重道远。习近平总书记十分关心贵州的扶贫工作，多次对贵州的扶贫攻坚做出重要批示。二〇一五年六月十八日，习近平总书记在贵州调研期间，专门召开涉及武陵山、乌蒙山、滇桂黔集中连片特困地区扶贫攻坚座谈会，他强调，消除贫困、改善民生、实现共同富裕，是社会主义的本质要求，是我们党的重要使命。

贵州这几年在脱贫攻坚上取得了有目共睹的成就，无疑得益于精准扶贫的实施和展开。事实告诉我们，只有不打折扣地贯彻落实精准扶贫思想，把精准扶贫思想作为我们扶贫攻坚工作中的行动指南，才能真正做到“看真贫、扶真贫、真扶贫”，从而实现十八大提出的“到二〇二〇年实现全面建成小康社会”的奋斗目标，这个伟大目标，是“两个一百年”奋斗目标的第一个百年奋斗目标，也是中国共产党向人民、向历史做出的庄严承诺。

二〇一四年三月七日，中共中央总书记、国家主席、中共中央军委主席习近平参加第十二届全国人大二次会议贵州代表团审议时，强调指出："要扎实推进扶贫开发工作，把扶贫开发工作抓紧抓紧再抓紧、做实做实再做实，真正使贫困地区群众不断得到真实惠。"针对贵州淘汰落后产能、治理石漠化等情况，习近平总书记强调，保护生态环境就是保护生产力，绿水青山和金山银山决不是对立的，关键在人，关键在思路。

贵州没有平原，以山多而闻名天下，万山区更是万峰成林。有这样的自然条件，万山区的第一产业严重滞后也就不足为怪了。对贵州来讲，贫困落后是主要矛盾，加快发展是根本任务。发展是解决贵州所有问题的关键，万山区更是如此。

习近平总书记说："人民对美好生活的向往，就是我们的奋斗目标。"然而万山区第一产业的严重滞后，严重影响农民的生活质量。如何破解这个困境，关键在人，关键在思路。

采访万山区委书记田玉军时，田玉军感慨地说："万山区必须要有自己的高科技农业支柱产业，才能让广大农户开眼界、换脑筋，转换传统的小农经济观念，才能起到辐射、示范、带领的作用。引进一家现代高科技的农业企业到万山区，就成了当务之急。万山区瞄准了有'全国蔬菜之乡'美誉的山东寿光，先后五次派人到寿光的九丰农业考察，希望他们的高效农业园区能落户万山区。"

说起来容易做起来难。九丰农业博览园的招商引进，是万山区委、区政府决定打破观念瓶颈、创新发展思路后的一次战役。

万山区要引进高科技农业项目的消息一出，马上就有人议论纷纷。万山区搞农业？高科技农业？高大上的农业？千百年来这里都是搞采矿、冶炼的，没听说过搞农业。一是没有先例，二是没有技术，三是没有信心。这"三没有"一时成了人们议论的焦点。我认为，前两个"没有"不是问题的根本所在，第三个"没有"是最大的问题。这个"没有信心"由来已久，源于土壤已被污染的传言。这个传言一直困扰着万山区人，是议论的焦点、恐慌的源头。在我往昔的记忆中，关于万山区被汞矿污染的议论和恐慌很多，比如万山区没有蚊子的说法就令人恐慌，传言万山区汞蒸气弥漫，蚊子都被毒死了。人在这样的地方生活，岂不会慢性中毒？空气都被污染了，土壤还能好到哪里？这些流言和传闻，使我这个曾多年从事专业地矿工作的人都有些将信将疑了，何况非专业的广大群众，流言和传闻的滋生蔓延也就不足为奇了。

高科技农业对土壤土质的要求更高，这是不争的事实。担心土质达不到高科技农业的要求，这是很多万山人"没有信心"的根源。流言和传闻毕竟不是事实，汞化工行业的老专家也出来说话，汞是不溶于水和土壤的，我们搞了一辈子汞，汞没有别人想象的那么可怕。假如真有企业来投资，也不妨借此机会用他们那一套科学、成熟的标准来检验一下我们的土壤土质。

山东九丰集团当然要检验土壤土质，这是能否投资、产品能否上市的关键所在。土样的采集点分布合理、点面结合，能有效地监测土壤土质。土壤样品除了九丰集团自己化验分析，还被送到济南、北京进行化验分析。三份报告出来后，指标出奇好，不但没有汞污染，而且大多数指标优于其他地区。得知这一消息，万山区委、区政府的主要领导长舒了一口气。

为了促成九丰集团尽快在万山区投资，为显出诚意和决心，万山区人民政府提出，合同一旦签订，在签订合同后的二十四小时内拨付一千五百万元到九丰集团的账户，如果两个月内万山区达不到投资方开工的条件，一千五百万元就当万山区的违约金，九丰集团可以一分不退。此话一出，立马引起轩然大波。一些干部、职工议论纷纷："哪有这样的事啊？从来没听说过。别的地方招商都是合同签订后，对方打钱过来，哪有我们主动打钱过去的？现在以投资作为幌子骗钱的太多了，假如把我们的一千五百万元骗走，谁来赔偿？"

听到这样的议论，区委、区政府主要领导在会上反复强调："要解放思想，不要被以往教条的、陈旧的经验所禁锢。高科技农业如果能落户万山，万山区将有不可估量的发展前景。说实话，引进这样的企业，我们很多方面的条件处于劣势，如何把劣势转化为优势，就是我们要有优质的服务来保障，必须给投资商营造良好的投资环境。一句话，不栽梧桐树，哪能引得来金凤凰？我们现在的情况，想要后发赶超，必须要有这样的大企业、高科技企业的落地。我们的第一产业就有了龙头，这个龙头就能引领、带动我区第一产业的跨越式发展。签订合同是用来相互守约的，我们是穷，一千五百万元的违约金，看起来是怪吓人的，但是我们要有这个信心，绝不能因为我们的工作效率、服务水平跟不上而造成项目落不了地。项目能顺利落地，就没有支付违约金这一说。对方有违约金的要求，也是合理的。既然我们有这个信心、能力，还担心违约金，就是我们的不自信啊。"

九丰集团终于被万山区的诚意和干事创业的决心打动，双方协商着把合同拟了出来。这是大事，必须经常委会讨论通过才能签署。事情一旦到了立马执行的时候，很多人又紧张了。万一出了问题怎么办？一千五百万元对于万山区这个刚刚起步、经济体量还很小的区可是个大数目啊！好心办坏事的先例并不是没有，一个班子因为一个项目落实不当，集体倒霉的也不是没有。万一出事，在场的这些丢了官帽不要紧，关键是无法向全区百姓交代。原本计划一个小时的会，不得不延长两个小时，又是放幻灯片介绍情况，又是做解释。疑虑、紧张的表情在与会常委的脸上渐渐消退。会议实行无记名投票，由区委、政府、人大、政协主要班子成员十四个人表决，结果是十三个人赞成，一个人弃权。这个结果充分体现了广泛听取意见后，大家解放了思想、统一了思想。集体决策过程是实事求是的，说明只要我们遵循实事求是的工作方法和态度，就能充分体现民主集中制的优越性。从最初征求意见时三分之二的人反对到绝大多数人赞同的转变，说明了实事求是的重要性。

九丰集团的总经理苏培军感慨地说："万山区委、区政府求真务实的工作作风，优质高效的服务意识，减贫脱贫奋力拼搏的精神，加快转型发展的决心，给我留下了深刻的印象。我们九丰农业落地万山区，就是冲着'万山速度'来的。"

苏培军说的"万山速度"的确是高效而快速的，以下项目的进展数据佐证了这样的速度。二〇一五年四月二十二日正式签约，五月一日破土动工，五月十六日流转土地两千亩，五月二十日园区完成一万平方米的场平。

正当万山区九丰现代高效农业园区建设如火如荼之际，九丰集团在遵义的现代高效园区传来了振奋人心的消息：习近平总书记在贵州考察期间，六月十六日视察了花茂村，走进了九丰现代高效农业园区，参观了智能温控展示大棚，十分高兴，对来自山东寿光的企业负责人说："我到这里来，主要就是看中你们对农民的带动作用。"

九丰现代高效农业园区的建设，在万山区可谓万人瞩目。习近平总书记走进九丰现代高效农业园区的消息，大家都十分关注。在新闻报道中，他们听到了总书记的讲话，看到了琳琅满目的农业产品，以前的质疑声烟消云散，对九丰农业在万山建设现代高效农业园区充满信心和期待。

六月二十日，万山区现代高效农业园区的第一座钢架连体大棚搭建完成；七月十五日，第一座大棚进入种植阶段；九月中旬，万山区九丰农业博览园开园迎宾，六十多个品种的新鲜蔬菜正式出棚，十里八乡的乡亲们前来观看，一下子惊呆了，不由得交口称赞。

像这样的高效农业园区我去过不少，在我看来，万山区的现代高效农业园区投资最大、规模最大，无疑是其他园区的升级版。在短短一年的时间里，这个园区成了贵州省唯一的农、文、旅一体化的国家5A级景区。

村支书张美明说："园区建在村里，村民都纷纷返乡，有的在园区旁边开起了农家乐，有的进入园区就业，空巢老人和留守儿童不再是老大难问题，村民收入大幅增加，人均年收入达到了八千四百九十元，二〇〇八年以前，我们村人均年收入才两千元左右。”

目前，园区已建成十三万八千平方米的蔬菜生产大棚，还建成了占地一万五千平方米、全国面积最大、科技含量最高的单体智能大棚，带动周边蔬菜种植五万亩，解决就业岗位三千余个，年生产优质蔬菜六万六千吨，实现年产值六亿元以上。此外，九丰农业博览园一期开园以来，实现年接待游客八十万人次以上。

九丰农业的龙头带动作用，可以说是万山区产业扶贫的样板。二〇一七年，万山区依托九丰农业的大棚蔬菜繁殖技术、种植模式、管理理念等优势，开始在全区推广“九丰农业”大棚蔬菜技术培训和产业发展模式，现已在十个乡镇发展标准大棚蔬菜，面积达一万五千多亩，带动三千多户贫困户发展蔬菜产业，户均增收三千元。

截至二〇一七年底，万山区建档立卡贫困人口从二〇一四年的七千七百七十五户两万五千二百四十二人，减少至五百三十五户一千四百六十一人，其中二〇一七年减贫三千七百八十九户一万零三百六十四人，贫困发生率从百分之十九点一二下降到百分之一点一五。

当我进入万山区九丰现代高效农业园区时，心情久久难以平静。这儿也是我的故乡，故乡有了如此好的发展，真的令我欣喜万分。

当年我在花茂村九丰现代高效农业园区采访时就感慨万千，写了一部名为《花繁叶茂》的报告文学作品，应该说，我对现代高效农业园区也是比较熟悉的，没想到万山区的现代高效农业园区规模如此之大，园区带动的相关产业更是超出我的想象。为了我固执的"眼见为实"，我坚持要去中华山村看一看。因为来万山区现代高效农业园区之前，我提前做了一点功课，在网上一搜索，有一篇文章非常醒目，就是刊发于二〇一七年五月二十四日《人民日报》一版的"砥砺奋进的五年·驻村蹲点话脱贫"之《成了合伙人，幸福来敲门》的文章。这篇文章，说的是一个远近闻名的"穷旮旯村"脱贫致富的故事，讲到为了让贫困户真正实现自我"造血"，中华山村采取了"村两委+合作社+贫困农户"的发展模式，由村两委带头组建集体经济专业合作社，整合多渠道资金，量化折算成股份分配给全村贫困户。这样，贫困户不仅可在合作社务工赚钱，还能参与年终分红。

这篇文章的标题非常醒目，内容也非常吸引人，更吸引我的是"中华山村"这个村名。我的第一感觉是，一个小山村咋就叫"中华山村"了呢？我赶紧找资料查出处，后来发现在万山区，不仅有"中华山村"这样响亮的村名，还有"洋世界村""高楼坪乡""黄道乡"等令人称奇的地名。据《万山志》记载，武则天做皇帝时，万山进贡了一块造型奇特、色彩艳丽的晶体朱砂，该砂通体透明、红光耀眼，武则天赞不绝口，特赐名为"光明砂"，并赐封产"光明砂"之山为"中华山"，且欣然挥笔写下"中华山"三个刚劲大字，从此这里便有了"中华山"之名。

这么一个古老的山村脱贫致富了，我必须去看一看。我们驱车从云盘山往下走，一路上体验到了什么叫"云盘"。这条小公路可谓险峻至极，弯道一个接一个，朝山下盘旋延伸。公路两侧悬崖绝壁，峡谷两侧高山峻峭耸立，草木郁郁葱葱，山上云雾缭绕。

曾经从事地质找矿工作的我，见过不少这样的胜境，但这条峡谷依然令我惊叹不已。下到山谷，我们朝另外一条山谷开去，视野逐渐开阔起来，显然这条山谷大于云盘山山谷。只见两侧的山峰形态各异，一排排向远方延伸，远远望去一座大山高耸入云，这座山的气势一下子就震撼了我，因为山谷两侧的山峰起伏连绵不断，像心电图的波峰波谷一样相对平稳，陡然间心跳加速，波峰高高凸起，显得那样耀眼。我想，这一定是中华山。果不其然，万山区区长张吉刚说："这就是中华山。"

到了中华山山脚下，我不由得心旷神怡。万峰成林，青山如黛，山谷里芳香弥漫。站在山谷的中央，需仰视才能看见中华山雄浑的全貌。我想爬上去，在山巅一览众山之小，但当我极目中华山之巅时，立刻打消了念头，即便是我这样有着攀登经验的地质队员，也只能望而却步，因为，中华山的主峰部分实在太险峻。据我长期爬山攀登的经验目视评估，中华山主峰部分比华山还险峻，我是无法攀缘登顶的。

心情实在太好，以至于我们一群人的话题一直围绕着中华山，直到中华山村委会主任毛照新邀请我去村委会办公室座谈时，我才想起此行的目的是了解中华山村是怎样脱贫致富的。

据村主任毛照新介绍，二〇〇八年以前，中华山村是一个贫困村，有三千二百三十五口人，二十二个村民组。山谷里有十八个村民组，山脊上还有四个村民组，村民收入主要靠种植稻谷等传统农业，年平均收入在两千元上下。二〇一三年开始发展各项农畜产业，如养蘑菇、大棚蔬菜种植、养殖小黄牛和养鱼等，到二〇一七年底，村民年人均收入达到了一万两千元以上。

在短短九年时间中，中华山村有这样的变化，确实令人惊讶。据了解，这得益于毛照新创造的一种利润分红新模式，叫“六二二”模式，即年底纯利润的百分之六十用于贫困对象，百分之二十用于村集体积累，百分之二十用于管理人员的奖励。这样的模式，无疑得到了大多数村民的真心拥护。

说起办合作社，毛照新说：“前几年，我们村两委干部和致富带头人远赴浙江调研学习，了解到食用菌生长环境与本村自然条件高度匹配后，建议将这一‘见效快、效益高’的产业引进村里。经过大大小小五次会议，全体村民终于达成一致意见，同意发展食用菌产业。路子的问题解决了，钱的问题怎么办？以前，扶贫资金都是直接分到贫困户手中，那点钱做不成什么大事，所以我们成立了专业合作社，让贫困户来当合伙人，最大限度调动大家的积极性。”

毛照新还率领村干部向乡农村商业银行贷款六十余万元，政府整合精准扶贫“先行先试”示范村项目资金一百万元、村集体筹集资金三十万元，购机械、建厂房、搞基础设施。成立合作社后，采取自愿的原则，贫困农户以土地作为资本免费入社、定股。贫困农户每年在耕地上可获得保底股金每亩八百元，在合作社务工的村民每月还可拿到两千多元的工资。

毛照新带领村民打破以家庭分散经营为主的农业生产模式，

着力培育农民专业合作社、种植大户等新型农业经营主体，实行“合作社+基地+贫困农户”的模式，由合作社生产菌种、菌袋发放给贫困农户进行生产和种植，产品由合作社统一回收销售。这种产业两头在合作社、农户在中端的生产模式，既实现了村委会统一管理，又最大限度降低了贫困农户的生产风险，促进了群众增收致富；同时，走“入股分红、分红致富、致富脱贫”新型农业化发展道路，利润分红实行“六二二”分配的新模式，恰恰符合精准扶贫的本质所在——一个都不落下的脱贫致富、同步小康。

二〇一七年，毛照新被评为全国劳动模范，在京西宾馆受到习近平总书记的接见。《人民日报》也多次对他的先进事迹进行了报道。中华山村的群众有增收、村级有积累、管理有报酬的“六二二”精准扶贫分红模式，已在万山区全面推广，现已成为万山区的扶贫“样板”。中华山村集体经济“六二二”模式案例，被写入中组部党员培训教材。

采访原贫困户李艳红时，她说：“我们现在都是合伙人了！我又在合作社打工，一年收入两万多元，土地流转租金一千三百多元，去年年底还有一千五百元的分红，合作社效益越来越好，分红会越来越多！”

记得采访铜仁市市长陈少荣时，他的一句话让我印象很深：“只有发展精准的产业来带动扶贫，脱贫才稳得住，才可持续，才能达到脱贫不返贫。”这种思维就是坚决贯彻落实扶贫工作的“五个坚持”和“六个精准”，这种方法就是以“五个坚持”和“六个精准”为行动指南，因地制宜地找到一条适合自身条件的扶贫发展道路。

万山区依托九丰农业博览园，按照中华山村“六二二”模式，发展农业扶贫产业。在十个乡镇建成标准化蔬菜大棚一万五千亩，在十九个贫困村建成产业基地，带动三千多户贫困户实现农业产业从“一树花开”到“满园芬芳”的大好态势。

如高楼坪乡的夜郎村，由于地处夜郎谷，地势险峻，地形切割深度三百米至四百米，像一道深不可测的裂缝，“V”形沟谷两侧悬崖峭壁、飞瀑众多，谷长十五公里，谷底狭窄处竟然不足三十米，可谓险峻至极。就这样一个村子，扶贫产业也得到了长足的发展。采访高楼坪乡夜郎村种植大户产业带头人冯忠情时，他说自己从不会种菜到逐渐种出优质蔬菜，再到今天有了五百余亩的蔬菜大棚基地，除了党的扶贫政策好，还要感谢副乡长，自从他来到村里，大到各种蔬菜品种，小到各种种植细节，他都仔仔细细、手把手地教大家，大家才有了今天的好生活。

现在，冯忠情成立了蔬菜公司，还在村里雇请了一百八十余名劳动力，每人每天工资八十元，包午餐。另外，他还鼓励部分村民入股他的公司，每人年底可以分红一千五百元。冯忠情一年的收入在四十万元以上，他的公司购买了六辆农用机械车，自己也开起了小轿车。

他自豪地对我说：“我现在不是小康，是大康了。”

我说：“你这个大康带出了多少小康啊？”

他说：“不敢吹牛，我们村百分之八十都是小康。”

我说：“那剩下的百分之二十怎么办？”

他说："你不用担心，不用到二〇二〇年，我们村肯定脱贫摘帽、同步小康。"

谈到村里的变化时，他说："这几年发展速度太快了，简直是井喷式的发展。"

我笑了起来，开玩笑地说："'井喷式的发展'好像是干部说的吧？"

他也笑了起来，说："不是干部说的，是我自己说的。你别看我文化水平低，讲习所的老师水平很高啊，我这一学习，水平也就提高了。"他一拍股东张小进的肩膀，对我说，"你问他是不是？"

张小进也是高楼坪乡夜郎村种植大户产业带头人，当初他在外地打工，在冯忠情的劝说下，他决定回村发展蔬菜种植，现在是公司的股东之一，每年收入在二十万元左右。

谈起村里的变化，张小进也十分感慨，他说："从总书记来了万山区后，万山区变化太大了，以前的万山区一条像样的路都没有，稍微下一点雨就是一脚稀泥。村里人前几年春节回万山区时，一下车，街道全变了，公路四通八达，一下子竟然找不到回家的路，变化实在太大了。现在不仅修了通村的路，还通到了村民组，换作以前想都不敢想。"

石竹社区的刘永奇，当过兵，在外做过生意，还当过一届石竹社区的主任，思想观念较为开放，是田玉军书记专门从外面请回来的几十个"能人"之一。现在，刘永奇联合石竹社区九十九户贫困户以及谢桥社区十三户贫困户共二百九十九人，发展精品水果产业，产品主要有红心猕猴桃、火龙果、水果黄瓜、圣女果等。其中，水果黄瓜属于新品种，产品还未成熟，便与铜仁华联超市签订独家供货合同，产品成熟后，将供货给铜仁地区十六家华联超市。社区种植的圣女果除了销往省城，还销往湖南、重庆等地，产品供不应求。这之后，刘永奇带领大家建起了一个占地二百亩的水果大棚，专门用于种植圣女果和水果黄瓜。大棚一个季度可收益二百万元，一年可以种三季，收入可观。除此之外，刘永奇又带动社区群众成立了一家股份公司，现已投入两千余万元对社区的一处景点进行包装，打造“石竹养生谷”，发展康体养生产业。

还有大坪乡山地现代高效生猪培育基地，整洁的产业路、宽敞的培育圈舍、错落有致的绿化，令人眼前一亮。该项目计划投资一千万元，建设标准生猪圈舍二十个，年出栏成品生猪三万头，种植精品水果一千亩，养殖鱼一万尾。目前已完成一期建设。全部建成后，可实现年产值一千五百万元，带动养殖户五十户、种植户十户，基本覆盖全村贫困户，提供就业岗位一百余个，户均增收每年三万元，集体经济收入每年累计达二十万元。

金盆村也是这样，村里成立的贵州金盆农业发展有限公司，是以繁殖饲养无公害肉鸡、蛋鸡、散养土鸡和种植有机果蔬为一体的现代化综合农业服务型企业，项目总投资三千万元，分三期建设，可实现年销售额一千五百万元以上。一期饲料加工房、孵化车间、育雏车间、蛋鸡舍等已建成，可容纳五万三千只蛋种鸡，容纳鸡蛋十二万枚，每七天可出雏鸡三万五千只，每次可育六十天龄雏鸡二万五千只，提供贫困农户就业岗位三十余个。同时，村公司以“公司+合作社+贫困户+订单”的模式，带领周边广大农民群众脱贫致富。

九丰农业博览园引领示范着万山区的各个乡镇、社区,各乡镇、社区又有各自的引领示范项目,如鱼塘乡的花卉药材种植产业、瓮岩村的现代高效果蔬基地、黄道乡的万亩香柚基地、下溪乡的万亩高山葡萄基地、敖寨乡的食用菌基地等;乡镇一级的引领示范项目,又引领着各个村。到二〇一七年底,万山区农业产业“一乡一精品、一村一特色”的惠民富民发展格局已基本形成。

参观了中华山村的大棚种植基地后,我迫不及待地问张吉刚:“中华山能否攀登?”

张吉刚说:“关键是谁攀。”

我说:“我攀。”

张吉刚说:“怎么攀?”

我说:“当然是攀顶。”

张吉刚说:“你攀也不行。我告诉你,没有人登顶过,不过,我可以带你到绝顶的下面,因为你曾经是地质队员,否则我根本不敢带你去。”

我一挥手,说:“走。”

一边走,张吉刚一边给我介绍,这东、南、北三座山峰构成了中华山全貌。山顶由三座孤立的悬崖绝壁构成“山”字形的主峰,两侧峡谷如刀削斧劈,岩壁陡峭、奇峰挺立,常见云雾缭绕,山中连山、山中连洞、洞中连瀑,登高望远、俯瞰谷底,路如丝线、人如蝼蚁、田如棋盘,真是一览众山小。据当地老人介绍,唐代初期,佛教信徒们开始在中华山建寺传教,先后建成正殿、副殿、玉皇阁、观音阁及文武诸殿、佛客禅堂、金顶寺等，雕塑千姿百态的各种菩萨三百尊。至清末民初，中华山寺庙建设达到顶峰时期，寺内有僧侣两百余人，每天上山拜佛的信徒数百人，特别是每年农历二月十九、六月十九、九月十九三天，湖南、广西、贵州、云南、四川等地区的高僧远道而来研究经事佛学，成群结队的善男信女纷纷赶来朝山拜佛，人数过千，中华山寺庙成为当时全国最有名的研佛拜佛的寺庙之一。后来山上各殿宇相继被毁，现仅存古建筑遗址、部分碑刻及三座方丈墓塔。

到了“山”字形主峰下的平台上，映入眼帘的是由一块块青石垒起来的山门。山门顶部一块黄色的石匾上“中华山”三个字清晰可见，黄色的石头由于岁月的磨砺显得有些斑驳，但在周围青石的映衬下，这块黄色石匾依然耀眼。

从历史学的角度来说，有些地方志的记载缺少可考依据，而被历史学家归为传奇、传说之类的记载不少。但眼前的景象可是真实存在的啊！

从万山区很多有趣的地名可以看出朱砂文化对这一带的影响，比如“黄道乡”肯定与几千年以来道家的炼丹有关，而“中华山”的得名更是源于朱砂；“高楼坪乡”没有高楼，但现在没有高楼不等于几百年前没有高楼，英国人在万山开采朱砂的时候，当地的房子都不高，英国人修的房屋有几层楼高也是正常的，这在当地人眼里，就是高楼；“洋世界村”这个地名不言而喻来自英国人在此开矿的经历。

站在中华山五亿年前早寒武纪的岩石上，我感觉自己很渺小，深切体会到了何为沧海桑田、白驹过隙。由此，我想到人生可怕的不是渺小，可怕的是你不知道自己渺小。毛泽东主席“一万年太久，只争朝夕”的诗句，涌现于我脑海。

万山区第一产业的转型发展，筚路蓝缕一路走来，从小到大，从弱到强，这个事实证明，只要深刻领会、贯彻落实好习近平总书记的精准扶贫思想，我们的奋斗目标就一定能实现。

二〇一五年六月，习近平总书记在贵州调研时指出，贵州要协调推进“四个全面”战略布局，守住发展和生态两条底线，培植后发优势，奋力后发赶超，走出一条有别于东部、不同于西部其他省份的发展新路。

根据习近平总书记的指示，贵州省委做出了明确部署：既要金山银山，又要绿水青山。如何贯彻落实好习近平总书记的讲话精神和省委的要求，如何谋划万山区发展的全局，第一产业、第二产业、第三产业这几枚重要的棋子如何落下，显得至关重要。

铜仁市万山区第二产业的转型发展必须一步到位，如果还需再转一次，那就是失败。所以，在招商引资中，必须选择符合绿色环保、可持续发展的新兴项目，同时以高端化、绿色化、智能化推动现有的传统工业升级提档，顺应现代工业发展要求。

万山区的具体措施是：一、实施传统产业提升工程。大力发展以低汞触媒、无汞触媒、铜触媒等多金属新型催化剂为主的精细化工产业，利用锰、磷、铅锌矿、重晶石等资源发展深加工产业，延伸产业链条，形成矿产勘查、采冶加工一体化的产业体系。二、实施特色产业壮大工程。大力发展以酿酒、中药制剂、茶叶、农产品加工等为代表的特色产业的技术改造升级，把万山区建设成省内重要的绿色产品生产加工基地。三、实施承接产业转移示范工程。巩固服装鞋帽、打火机等产业承接成果，加大承接转移力度，推广“代工”和“来料加工”模式，配套上下游产业链，到二〇一七年上半年，实现承接产业转移项目产值二十亿元。四、实施战略性新兴产业培育工程。高起点发展铝板带箔系列产品，大力培育发展建筑、装饰、包装、印刷、电子、电力等行业用的铝材深加工产品；促进含钾页岩综合开发利用，鼓励和支持钾资源综合利用技术创新企业和项目，以技术创新带动产业发展；支持做大新能源汽车产业，打造新能源汽车城。

几年来，万山区为传统工业改造科技立项三十五项，专利申请七百一十七项、授权二百九十八项；淘汰产能落后的企业，实现了从传统工业、资源型工业向技术型工业的全面转型。

二〇一一年十一月，贵州省委、省政府提出今后五年的工作主基调是“加速发展、加快转型、推动跨越”，要从万山特区实际出发，因地制宜、科学谋划，突出工业文明特色，促进城镇化与新型工业化、旅游业发展相融合。

按照省委加速发展、加快转型、推动跨越的要求，万山区因地制宜设计了“两个转型”的发展模式，即产业转型、城市转型。

就万山区转型问题，我与铜仁市委书记陈昌旭交流，他的观点我深以为然，他说：“不管‘产业转型’还是‘城市转型’，首先必须是观念的‘转型’。只有以观念的转变促进产业的转型、城市的转型，万山区才能实现总书记提出的‘加大工作力度’‘加快推动转型可持续发展’,这样才能保证转型的一次成功,实现全面建成小康社会的目标。”

在贵州这个内陆省份,转变观念、解放思想是第一要务。

二〇一五年十二月六日,时任贵州省委副书记、代省长的孙志刚同志在万山区考察了万山工业遗址博物馆,希望该遗址被开发成有特色的精品。他强调,要按照省委常委(扩大)会议和陈敏尔书记的要求,把学习贯彻中央扶贫开发工作会议精神作为一项重要政治任务,把脱贫攻坚作为“十三五”期间头等大事和第一民生工程来抓,坚持以脱贫攻坚统揽经济社会发展全局,加快推进大扶贫战略行动,精准谋划,苦干实干,坚决打赢脱贫攻坚战。

在“十三五”的开局之年,万山区的工业再上一个新台阶,工业实现了发展的龙头,万仁新能源汽车集团落地万山区,实现万山区工业“五百亿”的目标。

二〇一六年四月十二日,万山区委、区政府与万仁新能源汽车集团正式签约。该项目从签约到全面开工,仅仅用了十七天,投资商感慨地说:“这估计是全国从签约到动工最快的一个项目,这就是习近平总书记批示万山区要‘加大工作力度’‘加快推动转型可持续发展’生发出来的‘万山速度’。”该项目占地一千亩,投资二十亿元,年产新能源电动汽车十五万辆,每年可实现产值一百亿元,提供四千个就业岗位,带动上下游产业,产值可达五百亿元。二〇一七年二月,一期工程的冲压、焊装、涂装、总装四大生产车间、厂房建设基本接近尾声。二〇一七年七月三十一日,随着第一辆新能源汽车的下线，万山区这个曾经的工业特区，再次开启了工业再创辉煌的序幕。自签约到第一辆汽车下线十五个月过后，万山区的“工业强区”有了真正的龙头。

九年前，万山的传统工业破产之后，这个昔日辉煌的工业城市，工业发展几乎归零，如何破茧成蝶，一直是万山人最上心的事情。在二〇〇八年以前，万山人经历了困惑、彷徨、绝望；二〇〇八年初那个百年不遇的寒冬，在滴水成冰的日子里，万山人已经到了绝望的临界点，但是万山人没有放弃，没有气馁，他们始终坚信党和国家不会忘记他们。事实证明了他们的坚信是正确的。时任中共中央政治局常委、书记处书记的习近平同志来到了冰天雪地的万山，点燃了万山人的希望，从此，这个希望乘着梦想的翅膀开始飞翔。习近平同志的关怀和重要批示，是万山加快转型、加快发展的精神动力，牢记嘱托、感恩奋进，便是万山人众志成城的心声。从此，万山人以梦为马，开始了追梦的征程。这个征程，无疑要有壮士断腕的气魄、凤凰涅槃的决心，才能浴火重生、破茧成蝶。

今天的万山区走出了一条重生之路。九年来，万山区实现了从传统工业、资源型工业向技术型工业的全面转型，传统产业也实现了“六个转变”，由资源型汞业向技术型汞化工转变。千百年来，万山粗放型生产朱砂水银，并将朱砂水银作为资源“外卖”，加速了汞资源的枯竭。汞矿关闭后，“汞都人”与科研院所加强合作，先后创立了红晶公司、红菱公司、矿产公司、银星公司等八家汞化工企业，吸收了近千名下岗失业人员和农村剩余劳动力，生产低汞触媒、氯化汞等系列产品。汞产品占据了国内同类产品百分之七十的市场份额，目前年销售收入可望达二十亿元，可创造税收五千万元。同时通过科技创新，汞化工企业“三废”（废水、废渣、废气）达到“零排放”，节能环保技术达到世界先进水平。

同时，单一的矿山开采向资源综合开发利用转变。依托万山区丰富的不溶性钾岩石资源优势，引进贵州远盛钾业科技有限公司，解决了不溶性含钾岩石资源综合开发利用的技术难题。目前，黑龙江农垦北大荒商贸集团拟投资三十亿元，建设可年处理二百万吨含钾岩石的生产线。

我记得时任贵州省委书记的陈敏尔同志曾指出：党的十八大以来，党中央站在战略和全局的高度，提出了“走向生态文明新时代”“生态优先、绿色发展”“绿水青山就是金山银山”等新论断、新要求，这既是理论创新又是实践指南，既有时代价值又有全球影响。习近平总书记特别重视贵州生态文明建设，做出了守住发展和生态两条底线、实现百姓富和生态美两者有机统一的重要指示。陈敏尔一再强调，遵循习近平总书记的指示要求，贵州要明确把发展底线量化为经济增长、人民收入增加、贫困人口脱贫、社会安全等底线指标，把生态底线量化为山青、天蓝、水清、地洁等底线指标，强调绝不能走“先污染后治理”的老路，不能走“守着绿水青山苦熬”的穷路，更不能走“以牺牲环境生态为代价，换取一时一地经济增长”的歪路。

贵州要走一条百姓富、生态美的绿色发展新路，万山区走的正是这样的道路，而振兴第三产业的发展就是强有力的举措。万山区第三产业的发展更是彰显了“万山速度”，旅游业变废为宝，实现旅游业井喷式的发展，取得了令人惊喜的成绩。

旅游是重要的棋子之一，朱砂古镇则是一步绝妙的好棋。二〇一五年正月初八，万山区四大领导班子集体赴江西招商旅游项目；四月，江西吉阳公司投资考察团来到万山区；七月二日，吉阳公司跟万山区签订了开发、运营“万山国家矿产公园”的协议；七月二十日，项目正式动工。“万山国家矿产公园”被正式命名为“朱砂古镇”。二〇一六年五月四日，朱砂古镇开门迎客。昔日人工采矿坑道变身迷幻的“时空隧道”，以往矿工们贴着崖壁上下的小道被改造成了惊险刺激的玻璃栈道，闲置的原矿办大楼成了汞矿工业遗产博物馆，蛛网满布的原苏联专家楼被改造成了别具风味的俄罗斯风情餐厅和悬崖宾馆……仅仅十个月，一片荒芜的废矿区，变成了带着二十世纪工业文化符号的工业怀旧小镇。开园三天，接待各地游客近二十万人次。

国家4A级景区朱砂古镇、景区九丰高科技生态农业博览园和夜郎谷漂流风景区连成了一体，开启了万山区全域旅游的新篇章。

自二〇一六年五月开园到二〇一六年年底，朱砂古镇共接待游客一百五十余万人次。二〇一六年十一黄金周，以朱砂古镇为旅游业龙头的万山，七天共接待游客七十七万八千人次，实现旅游收入四亿一千万元。

景区周边摆摊卖饮料和小吃的老矿山居民，每天的毛收入达七八千元，而他们中很多人在企业破产后，全家四五口人曾经一度靠每月几百元的收入过日子。老矿工吴老满感慨万千地说："这在过去的万山，做梦也不敢想啊！"

高楼坪乡老山口村村民姚玉秀是唐绍维的二儿媳妇，她曾亲眼见到习近平总书记来到她家里看望、慰问抗美援朝老战士、八十多岁的公公唐绍维。那一天，为了不让习近平总书记受冻，姚玉秀把炭火烧得很旺很旺。她感慨地对我说："二〇〇八年习主席来我们家，我家还是一幢旧瓦房，房子和堂屋破烂不堪，你看这墙上的照片嘛！"

这两张照片我相当熟悉，一张是习总书记给唐绍维送上被子的照片，一张是习总书记坐在唐绍维家堂屋中的照片。习总书记的笑容慈祥而温暖，唐绍维两手紧紧握住习总书记的手，一脸幸福的笑容，在场的每一个人都扬起了笑脸。照片中那一盆炭火确实烧得很旺。照片在网上、报纸上流传很广。

姚玉秀说："五年前，我家就建了两层楼房。去年买了'铁牛'耕田，柴也不砍了，煮饭烧水都用电；二〇〇八年前全家年收入只有一万多元，现在全家年收入二十多万元。"姚玉秀还说，"老伴儿会泥工，每月收入有五千多元，俩儿媳妇也在工业园区上班。"

多年来，万山区以转型促发展，以发展惠民生，万山区人民与唐绍维、姚玉秀等村民一样，生活发生了翻天覆地的变化。

二〇一七年万山区全年接待游客二百二十五万人次，实现旅游收入八亿元，均同比增长百分之七十，仅朱砂古镇旅游收入就达到了一亿六千万元，带动旅游综合收入四亿零三百万元。在二〇一七年的"十一"黄金周期间，省旅发委公布：朱砂古镇仅门票收入就达到三千八百二十二万元，位列贵州省各大景区第三名，万山区九丰农业博览园门票收入在贵州各大景区中排第九名。

贵州被誉为“公园省”，省内国家4A、5A级风景名胜区很多，万山区朱砂古镇和九丰农业博览园分别名列第三、第九，真是一个奇迹。

二〇一七年八月十三日，“全国特色文化产业与脱贫攻坚高峰论坛”在贵州省铜仁市万山区举行。时任贵州省委书记、省长的孙志刚同志对论坛做出重要批示：“当前我们正在深入学习贯彻习近平总书记系列重要讲话精神，在习近平总书记的思想指引下，扎实打好基础设施建设、易地扶贫搬迁、产业扶贫和教育医疗住房‘三保障’四场硬仗。文化产业是产业扶贫的重要组成部分，在脱贫攻坚的主战场可以大显身手，文化主战场是脱贫攻坚的重要力量，在创造减贫奇迹的伟大时代应该英雄辈出。希望本次论坛进一步探索文化与扶贫的融合新路，在文化育民、文化励民、文化惠民、文化富民方面取得丰硕成果，为贵州乃至全国的脱贫攻坚贡献更大力量。”

二〇一七年十月十二日，贵州省文化产业项目观摩会在万山区朱砂古镇召开，贵州省委常委、宣传部部长慕德贵同志肯定了万山区的发展，他指出：“朱砂古镇融合了很多内容，可以说是点石成金的效果，产业都要提高文化创意，对于项目建设应该从更深更高的层次来融合，文化+扶贫+大数据+大生态、文化+旅游+科技、文化+时尚等方面都大有可为，朱砂古镇就与大数据紧密联系，文化+扶贫的效果就产生了。”

二〇一七年十一月十日，国家旅游局副局长王晓峰一行分别调研了朱砂古镇以及九丰农业博览园，实地了解当地的历史文化及产业业态，对万山区坚持历史遗存与矿山文化相结合的旅游开发模式给予充分肯定。他强调，要充分发挥铜仁市与重庆市、湖南省接壤的区位优势，做好外地游客引流，结合当地自然生态和风土人情，精心规划路线，不断优化服务，让游客来了不想走、走了还想来，将其打造为全国优秀旅游目的地。

“二〇一七中国社会发展高峰论坛暨二〇一八《社会蓝皮书》发布会”于二〇一七年十二月二十二日在北京召开。会上，万山区荣获《半月谈》第八届品牌生活榜“中国最美特色旅游小城”“中国最佳品质旅游目的地”等荣誉称号。

对于万山区旅游业的发展再上新台阶，万山区委书记田玉军充满信心，他说：“我区将按照铜仁市委要求打造文化旅游胜地，按照‘抓龙头、连金线、带亮点’的工作思路，全力推动朱砂古镇创建国家5A级景区，着力打造以朱砂古镇和九丰农业博览园为双龙头的旅游产业链。”

如何把旅游业和省委提出的“大数据”与“大扶贫”有机统一起来？如何以大数据促进大扶贫带动旅游相关产业，将人有我优、人无我有的好产品卖个好价钱，激发农民创业致富的积极性，实现万山区农副业、服务业、文旅产业的进一步升级？这些成了区委、区人民政府领导人的心事。

朱砂系列饰品、贡米、高山葡萄、食用菌、香柚、竹笋、原生态红薯片等，历来为万山区特产，也是万山区近几年精准扶贫下的重点产品。二〇一五年十月，万山区在全省率先挂牌成立了电子商务产业发展促进局，“百万年薪”聘高人、打造万山区电商生态城的方案在区委常委会上通过。“百万年薪”聘电商人才，当时还沸沸扬扬好一阵。

万山区要以一百万元年薪引进一名电商人才？很多人觉得不可思议。一百万元年薪，相当于万山区一名普通公务员二十年的工资，难道一名公务员二十年的贡献还不如外来人一年的贡献？到底会引进何方神圣？

迫不得已，区里将这一大事拜托给了国内几家大的猎头公司，几经反复，才终于找到了合适的人才。

当武陵山腹地的人们静观万山区百万年薪引进的人才到底有几板斧的时候，从浙江一家大型电商企业 CEO（首席执行官）位置上“孔雀西南飞”的“八〇后”电商企业家陆晓文已经在万山区走马上任了。他说：“其实年薪对我们来讲不是最重要的。贵州的山好、水好、产品好，贵州各级政府对人才的热情是我前所未见的，贵州的电商刚刚起步，正好符合我想大干一番的想法，于是我就来了。我的两位搭档阳敏、卢海栋也很赞同我的想法，所以也跟着来了。一年多来，我们感触最深的是，这里干部的观念很开放，作风很扎实，效率不是一般高。”

二〇一五年十月，万山区确定了电商生态城的建设方案。两个月后电商生态城正式开工，二〇一六年四月二十七日正式营业。

事实证明，百万年薪引进的不仅仅是人才，更是一个蓬勃的产业和新的经济增长方式。电商生态城一开始就采用双向孵化模式，以项目孵化带动创业人才培养。

之前疑虑的人没想到的是，开业半年后，电商生态城商家入驻率达到了百分之百，电子商务交易额突破两亿元，其中农特产品上行销售额达到六千四百万元，带动农村两千五百多人创业就业；更没想到的是，仅仅在当年“双十一”那一天，万山区电商生态城十几个小时的销售额，就达到一千三百五十三万元，共十多万张订单，销售的商品绝大部分是当地农产品。二〇一七年，万山区电商生态城的销售额已超过四亿元。

二〇一六年，铜仁市万山区电商产业被评为贵州“全省十佳电商示范县”“2016 省级电子商务进农村综合示范县”，获得《人民日报》《经济日报》、新华社等国家级媒体的广泛关注和报道。从卖万山区农产品到卖铜仁全市的农产品，再到全省的“黔货出山”，到如今的“买卖全球”，万山区大数据商业一路走红。二〇一七年七月，万山区电商获得了“2017 国家级电子商务进农村综合示范县”荣誉称号。

之后，万山区通过电商人才实战培训成功孵化项目并与沿海发达城市电商企业达成合作，形成了由生态城与周边高等院校达成合作、生态城负责人才培育及输送、沿海发达地区优质电商企业负责人才接收的“三角形”循环模式，有效保障了入驻众创空间开展实训课程的待毕业高校学生实现百分之百就业。

二〇一六年开园后的半年时间，生态城共完成电商专业培训十余场，培训三千余人次，真正从源头上解决了以往培训资源稀缺、培训业务外包的困难局面，实现了优势资源实时共享、培训业务外部输出的良性环境。

生态城采用特色服务模式，以品牌打造带动企业升级。生态城以打造电商产业生态链为核心，以服务外输、抱团协作、资源共享等方式着力构建“前端引入、全程跟踪、末端输出”的三位一体服务体系，通过“三个一批”方式，即传统产业转型一批、培育孵化新增一批、外部招商引进一批，不断增加电商企业数量和人才基数，促进“网商大军”蓬勃发展，有效提升电商发展环境，同时加快品牌打造带动企业升级，打造了万山区特色品牌“味万山”，通过统一包装、设计、推广，助力农产品上行。

生态城采用产业聚集模式，以企业抱团带动产业发展为目标。一是筑巢引凤，逐步完善服务配套体系。引进摄影美工、网站建设、网货供应、教育培训、物流仓储等电商配套服务企业，完善电商生态城整体服务要素供给，形成了较为完备的电商运营模式。二是加强引导，通过平台资源导入和技术支持，打造标杆企业，引导入驻生态城的配套服务类企业与当地的传统销售类企业建立沟通合作渠道，带动传统企业转型发展。例如对接微盟平台，在产品上架后的四个月时间内就成功吸引了一千多个全国分销商；两个半月时间，实现了以往日销量不过几十单到日销量突破千单的巨大转变。三是通过线下参展或节会推动企业的成长、聚合。如带领园区企业参加二〇一六年广州国际互联网电子商务展览会，让万山区特色产品“朱砂”“万山香柚”“跑山牛”等从线上走进节会现场。如成功举办二〇一六年万山区首届农特产品“网商年货节”，承办二〇一七铜仁市第二届网商年货节等。四是不定期组织生态城企业开展“头脑风暴”沙龙。各企业之间提出自身发展理念及下一步打算，然后进行探讨，共同商议并提出有发展可行性的意见和建议，并进行市场调研分析；最终通过分析决定是否执行，真正实现生态城企业抱团取暖、资源共享。

从无到有，从小到大，从供过于求到供不应求，仅仅一年时间，铜仁市万山区电商产业从构想变成现实。

我与在这里从事电商工作的全国人大代表华茜很熟，我们同是十三届全国人大代表。“两会”期间，侗族青年华茜成为众多媒体的采访对象，她的感恩之情溢于言表：“习近平总书记一直关心着万山的发展，牵挂着万山的人民。二〇〇八年二月，总书记亲临万山特区视察指导抗凝工作；二〇一三年五月，总书记对万山做出了重要批示，勉励万山加快推动转型可持续发展，不断提高经济社会发展和群众收入水平；党的十九大召开时，总书记在参加贵州代表团讨论结束时再次询问万山特区转型发展工作的相关情况。万山区时刻牢记总书记的亲切嘱托和深切期望，感恩奋进，大力实施工业原地转型、城市异地转型战略，发展新能源汽车、朱砂工艺产业、观光农业和湿地公园旅游业。现在的万山区，已从一个资源枯竭型城市转变为一个旅游观光型城市。人民群众生产生活条件的巨大改善、人居环境条件的显著提升，都离不开党中央和总书记的深切关怀，离不开国家对万山的扶持和帮助。来开‘两会’，想借这个机会转达万山区人民对总书记的诚挚问候，欢迎总书记再到魅力新万山区视察和调研。”

“两会”一结束，华茜来到铜仁市万山区高楼坪乡夜郎村新时代农民讲习所，给大家宣讲全国“两会”精神，她说：“乡村振兴就是要维护广大农民根本利益，让我们农民富裕起来。我们电商要把产品卖出去，关键得靠大伙合力把整个产业链做起来，咱们的荷包才会鼓起来。”

那天的宣讲让夜郎村沸腾了，村民热烈讨论“两会”精神，当听懂了乡村振兴战略重大决策部署是怎么回事时，乡亲们扬起了笑脸。

习近平总书记说过“小康不小康，关键看老乡”，在视察花茂村时说“政策好不好，要看乡亲们是哭还是笑”。这些话可谓一语中的，引人深思。

二〇一五年，华茜加入阿里巴巴农村淘宝，成为一名农村淘宝合伙人，为基层群众免费提供代购和代销服务。后来，在政府的支持帮助下，她办起了电商服务中心、农特产展示中心、创业指导中心，同时义务辅导农村青年就业创业。在她的努力下，当地的红薯片、野蜂蜜、米粉、米酒等原生态绿色产品走出了万山区。目前，华茜一共注册了十四个商标，其中就有“朱砂古镇”“黔乡百味”。二〇一七年，华茜的电商公司总产值八百余万元，净利润六十五万八千元，辐射带动周边两千多名群众。

万山区农村电商的迅速发展，不仅让白云深处的绿色产品“飞”出大山，也吸引了在外打拼的有志青年返乡创业。二〇一八年的政府工作报告提出要坚持创新引领发展，着力激发社会创造力，提出要运用“互联网+”发展新就业形态，多渠道增加农民收入；这让华茜代表更加坚定了扎根基层、服务群众、带头创业的信心和决心，同时心中也有了更高的奋斗目标：力争实现农村电商生产销售一体化，实现全产业链发展。

二〇一七年十月十九日上午，习近平总书记参加了十九大贵州省代表团讨论。总书记指出，五年来，贵州认真贯彻落实党中央决策部署，各方面工作不断有新进展。综合实力显著提升，脱贫攻坚成效显著，生态环境持续改善，改革开放取得重大进展，人民群众获得感不断增强，政治生态持续向好。贵州取得的成绩，是党的十八大以来党和国家事业大踏步前进的一个缩影。这从一个角度说明了十八大以来党中央确定的大政方针和工作部署是完全正确的。习近平总书记希望贵州的同志全面贯彻落实党的十九大精神，大力培育和弘扬团结奋进、拼搏创新、苦干实干、后发赶超的精神，守好发展和生态两条底线，创新发展思路，发挥后发优势，决战脱贫攻坚，决胜同步小康，续写新时代贵州发展新篇章，开创百姓富、生态美的多彩贵州新未来。

在采访铜仁市委书记陈昌旭时，这位十九大代表仍然很亢奋，他介绍说，习近平总书记亲切地与代表们一一握手、交谈，饱含着领袖对人民的殷殷之情。

陈昌旭在乌蒙山区的毕节市工作过，当年习仲勋同志对乌蒙山区海雀村的批示，他耳熟能详，那里的人民对习仲勋同志有着怎样的感情，他深刻了解。现在陈昌旭在武陵山区的铜仁市工作，他深切感受到了习近平总书记对铜仁市万山区人民的殷切关怀，也感受到了这里的人民对领袖的感恩之情。

牢记嘱托，感恩奋进，从二〇〇八年那个寒冷的冬天到二〇一八年这个温暖的春天，铜仁市万山区人民十年磨一剑，从一个贫困落后的资源枯竭型城市变成了一个摆脱贫困大踏步走向小康的城市，这样的华丽转身说明，只要我们时刻牢记习近平总书记教给我们的方法论，在学懂、弄通、做实上下功夫，就能乘着梦想的翅膀飞翔，从而实现我们的梦想。凤凰涅槃、化茧成蝶，目睹城市浴火重生的过程，更令人感到党和国家的恩重如山与殷切期望！

二〇一八年一月二十六日，贵州省"两会"召开，作为全国人大代表的我，列席聆听了谌贻琴代省长所做的政府工作报告。作为一名贵州人，我深深感受到了报告中的感恩、自信和自强。特别是当我听到"贵州综合经济实力大踏步前进，决战脱贫攻坚大踏步前进，基础设施建设大踏步前进，改革开放创新大踏步前进，增进民生福祉大踏步前进"这五个"大踏步前进"时，我心中升腾起无比的自豪。

谌贻琴代省长的报告掷地有声，言犹在耳：五年来，我们全力"赶"、加快"转"、奋力"超"，绘就了贵州砥砺奋进的崭新画卷。今天的贵州不再垫底，不再是落后的代名词，它正在撕下贫困的标签、贴上亮丽的新名片！五年来，我们按下"快进键"、跑出"加速度"，经济社会发生了深层次、根本性变化，被习近平总书记赞誉为"党的十八大以来党和国家事业大踏步前进的一个缩影"。

离开万山之前，我再次来到朱砂古镇，那一栋栋红砖黑瓦的房屋在我的眼里是那样安详和庄严。万山汞矿是有着优良传统的老工业基地，从建特区以来，共有获得省部级表彰的劳模八十九位，其中三位获得全国表彰。在这里的街道和广场上，劳模的塑像栩栩如生，让我感受到了历史的厚重与今天的辉煌。站在广场上，看着熙熙攘攘的人群，我竟然有些依依不舍。这样的感觉，于我而言是少见的。从小到大，凡是人多的地方，我都很少去，我喜欢安静，这也许与我在地质队长大、曾是一名地质队员有关。地质队员大多数时间不在喧嚷的人群里，而是在寂静的群山中。人群的喧嚷不可能持续不断，总有归于寂静的时候；寂静的大山也可能因为有矿石不再寂静而变成沸腾的群山，万山汞矿的昨天就是鲜活例证。当沸腾的群山不再沸腾时，那么，万山的凤凰涅槃、浴火重生，于今天而言就显得弥足珍贵。

在结束这篇文章之前，我还想讲一个故事：万山汞矿总工程师樊龙辉的女儿樊静帆还在襁褓中时，被母亲抱在怀中，一家三口从上海来到了万山汞矿，她在万山长大，生活了多年，对万山的感情极深。

樊静帆大学毕业时，正值汞矿宣布破产不久。她回到万山，看见往日工友、同学蹲在屋外两眼空洞，不知路在何方……她说："我一岁时是母亲高高兴兴抱着来万山的，大学毕业时是哭着离开万山的，我发誓以后再也不回万山了。"

二〇一六年，已经居住在法国巴黎的樊静帆听说万山区发生了翻天覆地的变化，忍不住辗转回到万山区。站在父亲樊龙辉的塑像前，她激动不已，再次落泪。离开时，她对万山区区长张吉刚说："以后万山区要是有设计、规划方面的需要，尽管找我，我的女儿现在是法国一名大规划师的助手。如果找我，不要打电话，国际长途太贵，我给你们打回来。”

张吉刚对我说：“现在我们万山区每个人都打得起国际长途，与世界的沟通毫无障碍，樊女士这样说，也是出于善意。”出于礼貌，他只好说欢迎她以后多回来看看。

就在我结束采访准备离开万山区时，传来了万山区将迎来“贫困县退出国家级第三方评估验收”的消息，告诉我这个消息的田玉军同志一脸从容。从他的从容中，我分明感受到了他的自信。他的自信，就是万山区人民的自信；万山区人民的自信，就是万山区人从深度贫困到摆脱贫困这个过程的缩影。

从我前后五次到万山区实地调研来看，我有理由相信，万山区在二〇二〇年全面建成小康社会的这个目标是能够实现的，肯定会实现的！

只有这样，才能不辜负人民领袖在二〇〇八年深冬千里迢迢来到铜仁市万山，在那场百年不遇的凝冻灾害中所带来的温暖和关怀；只有这样，才算真正地践行了“牢记嘱托、感恩奋进”的誓言；只有这样，我们才能在将来毫无愧色地告诉我们的子孙：我们参与了脱贫攻坚这场人类历史上最伟大的工程。

第四章　悠然见南山

二〇二〇年三月六日，习近平总书记在决战决胜脱贫攻坚座谈会上强调："到2020年现行标准下的农村贫困人口全部脱贫，是党中央向全国人民作出的郑重承诺，必须如期实现，没有任何退路和弹性。"习近平总书记的重要指示，充分体现了初心不改、使命如磐的坚定决心和顽强意志，为我们按时高质量打赢脱贫攻坚战、与全国同步全面建成小康社会发出了总动员令。

贵州大地上，正如火如荼地推动脱贫攻坚取得决定性成就，向绝对贫困发起最后的总攻。农村贫困人口"两不愁三保障"和饮水安全突出问题总体解决，易地扶贫搬迁一百八十八万人搬出大山，促进城乡格局、生产力布局发生深刻变化。二〇一九年减少农村贫困人口一百二十四万人，二十四个贫困县摘帽退出，全省贫困人口数量从二〇一二年的九百二十三万人减少到三十万八千三百人，贫困发生率从百分之二十六点八降至百分之零点八五，经过二〇二〇年上半年的冲刺，剩余贫困人口达到脱贫标准，贫困村达到退出标准，未摘帽县达到脱贫摘帽条件。在国家脱贫攻坚成效考核中，贵州连续四年处于“好”的方阵。贵州曾经是全国贫困人口最多的省，现在是减贫人数最多的省，书写了中国减贫奇迹的贵州精彩篇章！

在贵州八十八个县市区中，有六十六个贫困县，目前，还有九个深度贫困县未摘掉绝对贫困的标签，这九个深度贫困县也将在二〇二〇年十月迎来最后的第三方评估、验收。

一

“白云乌了就下雨，乌云白了就天晴。”这是一句贵州民间谚语，它诠释了云上贵州的奇观，这样的奇观在贵州的大山中无所不在。蓝天白云，阳光灿烂，却雨纷纷。这样的现象，一般能让人联想到“东边日出西边雨”这样的名句，可当你置身其中，眼前这梦幻般美妙的存在，远非那句名句所能涵盖。

奇妙现象一直伴随着我：我不得不改变行程，也正是这样的改变，让许多意想不到的偶遇发生了。

走到田坝村民组的中心地段，我才遇见了一个人。我赶紧朝他走去，一边向他伸手一边问他贵姓。他笑眯眯地说姓高。握住他宽大的手时，我注意到他的身高，至少有一米八二吧！

刚才在山上看中药材前胡种植基地时，同行的沙坎村扶贫攻坚作战队队长吴平手指不远的山谷说：“那里是田坝村民组。”

往下看，田坝村民组处在群山环抱的凹地里，却看不见田坝。我知道，在这一带凡是叫坝的地方，一定有水田，可以种水稻。众所周知，贵州山多地少，可耕地面积不多，水田就更少了，田坝就更可贵了。贵州很多地方之所以有美丽而壮观的梯田，是自然条件造就的。如果有田坝，谁造梯田呢？

凡是能叫田坝的，一般都会有至少一百亩平整的土地。这是喀斯特地貌的独特之处，在万峰成林的间隙，零星布着大大小小的坝子，依托坝子发展起来的经济，我们称之为“坝子经济”。这与新疆的“绿洲经济”形式相仿。在新疆，哪里有绿洲，哪里就有人群居，就有发展；贵州亦然，哪里有坝子，哪里就有人群居，就有发展。不同的是，新疆戈壁沙漠多，贵州石头森林多。

田坝村民组没有田坝，问清楚了情况，这才知道，这村名只是先辈的一个美好愿望。田坝村民组如果真有田坝，它就不可能是国家级深度贫困县的深度贫困村的深度贫困组了。

当然要下去看看，一路上吴平如数家珍地介绍田坝村民组：“截至二〇一九年底，田坝村民组共六十四户二百九十三人，其中建档立卡贫困户二十九户一百零一人，已脱贫二十四户八十九人，未脱贫五户十二人。易地移民搬迁十一户四十一人。新建通组柏油路一千五百米、蓄水池三百立方米、垃圾池两个，庭院硬化二千六百五十平方米，安装路灯四十五盏。根据这里山地的特点，我们引导村民调整种植结构，不再种植产量低、收入少的苞谷，改种了中药材前胡，种植面积达六百余亩，带动了务工人员七十五人，其中贫困户二十三人。今年，整个村民组全部达到脱贫标准，等待国家第三方评估、验收。”

看在眼里，记在心里。眼前的这一切都是偶然遇见的，这样的偶遇常常会给人惊喜，这样的惊喜伴随着不可预知的、没有虚假的真实，而这样的真实，就其本身而言，何尝不是一种不可多得的惊喜呢？

今天来到田坝村民组，纯属偶然。这次来安顺市，我是来找“南山婆”的。前段时间我一直在创作一部脱贫攻坚题材的电影剧本《悠然见南山》，讲述的是一个叫磨满的深度贫困村民组，如何在“南山婆”的帮扶下，撕掉了绝对贫困的标签的故事。创作这部电影剧本也是偶然。二〇二〇年五月长假期间，我本想在家搞创作，可家人出门了，我也只好出去走走，也许是习惯使然，我开车就往大山深处跑，心想遇见什么就是什么吧！那天，不知怎的，就一根筋似的哪里难走、哪里偏僻就往哪里开，在一个几乎不可能再行车的地方，我差点就放弃了，眼前似乎没路了。可我还是坚信贵州省发布的组组通公路的相关公告，也正是这样的坚信，我才没有与磨满村民组失之交臂。

山路宽度刚好够行一辆车，稍有闪失就会掉下深谷，亏得我年轻时见惯这种险情。车一个急转弯，峰回路转，一片天地豁然开朗。下了车，我就喜欢上了这个地方，周围青山如黛，包围着一片两百亩左右的坝子，坝子的边缘、山脚之下散落着几户人家。这画卷一样的天地，令人心情舒畅，这无疑是名副其实的桃花源，陶渊明所追求的“采菊东篱下，悠然见南山”的意境悄然浮现心头。

我站在村头，欣赏着美景。良久，见一位村民扛着一捆竹竿过来，我赶紧询问，才知道这里是磨满村民组，眼前的人叫罗德亮，正是这里的村民组组长。据他介绍，磨满原来交通闭塞，自古以来进出均靠人挑马驮。精准扶贫政策实施后，乡党委、政府动员全组村民移民搬迁，在山外的新合村优选建房土地，提供建房的优惠政策，经过乡、村两级共同努力，最终有十户搬了出来，余下的十一户农户始终不舍离开祖祖辈辈生活的家园，说什么也不愿搬迁。

我说：“我要是住在这里，也不愿意搬走。”

见我这样说，他很高兴，一下子打开了话匣子。他说：“当时扶贫干部天天来找我做工作，我硬是不同意。”

我扳着手指头说：“你们当时一百多人，土地人均也就一亩多，按传统经济作物算，一亩地也就一千多元的收入，当时你们不搬迁，仅仅靠这点土地能达到脱贫标准吗？”

他说：“绝对达不到。”

我说：“这就是他们找你的原因。你们不脱贫，他们丢不了手。”

他说：“前年知道山外的青山村民组通路了，我那个急呀！虽然我知道这里山势陡峭，修路太难了，可还是去找了乡党委的杨书记。杨书记说：‘放心吧！组组通公路是全省的政策，你们磨满村民组那最后两公里要是不通，我这书记没办法干。’去年年初，乡党委协调资金彻底打通了这最后的两公里，现在组与组的路都实现了硬化，下雨也不怕出不了山啦。”

我说：“搬走了的人，土地还是他们的，你们留下的五十三口人，土地并没有增加，靠原来的土地脱不了贫，现在怎么脱贫呀？”

他说：“后来乡党委对未搬出的十一户农户进行特殊帮扶，进行了一场振兴农村经济的产业革命，推动产业扶贫和农村产业结构调整，我们放弃了种苞谷的传统，改种植辣椒、生姜、烤烟等经济作物。再后来，安顺市龙头企业贵州‘南山婆’食品加工有限公司对口帮扶我们，为每户发放电视机一台、慰问金一千五百元，为我们十一户农户解决了农产品定产定销的问题。”他指着眼前的两百亩地说，“这里是‘南山婆’的原料基地，公司提供辣椒种子和小黄姜种子，我们种植，他们确保收购。我家九口人，六亩多地，亩产辣椒七千斤左右，亩产小黄姜四千斤左右，收入可达四万二千元左右；养的五头猪也值三万多元；儿子在外打工，也能有三四万元的收入。我家人均收入一万元多一点。”

那天，我们一聊就是一个下午，也陆续见到了他的家人。他热情地留我吃了饭再走，并指着一只漂亮的大公鸡说：“一会儿抓了它。”

我摸了摸早已熟悉我、躺在我脚边的狗的头，对它说：“下次来，还要认得我哟。”

罗德亮坚持说：“吃了饭再走也不迟嘛！”

我用手指着不远处的大公鸡说：“算了，一会儿天黑了路不好走。再说，第一次来，就让母鸡失去丈夫，让九只小鸡失去父亲，这不太好吧！”

两个人笑了起来。

其实我早就观察到这一群鸡了，特别是那只大红公鸡，腿上的悬爪约有三厘米长，至少值两百多元。在我生活的城市，我常常跑遍市场，就是为了能偶尔买到这样的土鸡。这样品质的鸡只要到了市场上，大家会争相购买。而我不愿意看到眼前这只活蹦乱跳的大公鸡因为我而被杀掉。当时，我一门心思想到安顺市里了解一下“南山婆”。听罗德亮讲了很多“南山婆”的故事，虽然他并不善于讲故事，可这些故事仍然触动了我的心，使我产生了一探究竟的强烈愿望。

“南山婆”既是龙头又是品牌。在二〇一八年“万企帮万村”精准扶贫行动深入开展之际，“南山婆”传承人包爱明责无旁贷地揭榜前往西秀区鸡场乡鸡场社区、联兴村和新合村三个贫困村担任产业扶贫村主任。带动当地农民人均可支配收入从二〇一七年的八千二百一十元提高到二〇一九年的一万一千二百三十三元，增长值和增速均高于全省平均水平。到二〇一九年底，三个村贫困发生率均下降到零。

当我站在“南山婆”荣誉室，看着那几十张荣誉证书，敬佩之感油然而生。而眼前这位贤淑端庄、笑容可掬的年轻“南山婆”，大大超乎我的想象，没见到她之前，我还以为是一位白发苍苍的老人。

听说，“南山婆”是福建尤溪县人，我很感兴趣。

在清康熙年间，一个贵州安顺南山的小女孩，由于战乱流落到福建尤溪县云山村，被乐善好施的包家收留，取名南山妞。冬去春来，年复一年，人们对南山妞的称呼也渐渐发生变化，从南山妞到南山嫂、从南山婶到南山妈。等她到了耄耋之年，人们都尊称她为“南山婆”了。

南山婆一生乐于助人，通过钻研天然植物食材，精心改进膳食制作方法，发挥膳食滋补和康养功效，帮助了许多乡亲。她将毕生对膳食的研究，整理成《南山婆膳食画谱》，包家世代相传。

包家新一代“南山婆”传承人包爱明回到南山婆故里，结合古方食疗传统和现代康养理念，将膳食秘方与福建、贵州两地绿色生态食材等相结合，打造“南山婆生态特色食品”品牌，并向产业化、规模化、高端化方向发展。把助力巩固脱贫成效和助推决战脱贫作为两大任务，将产业扶贫“三动模式”（产业驱动、产销联动、持续带动）进行复制推广，结合自身发展生态特色食品产业的优势，在帮助已脱贫县区巩固成效、防止返贫的同时，重点帮扶列入国家挂牌督战的、安顺市唯一未脱贫的深度贫困县紫云自治县。先后在西秀区、紫云深度贫困县建设一万多亩高标准辣椒种植示范基地，选派农业技术人员深入田间地头，做好种植标准化技术推广等培训工作，引导和带动群众参与种植，辐射带动农户种植辣椒达五万亩以上。荣获全国“万企帮万村”精准扶贫行动先进民营企业称号，其党支部先后被贵州省委、安顺市委、西秀区委授予脱贫攻坚先进党组织称号。

创作一部反映脱贫后又如何巩固脱贫成效的电影，是我思考了很长一段时间的事情。离开磨满村民组时，我对罗德亮说：“我已下了决心，磨满村民组确实是个拍戏的好地方。”

三个月后的一天，我带着剧本初稿，来找“南山婆”征求意见，结果没见着她，遇见几位熟悉的扶贫干部，与他们聊天，说到紫云县是安顺市最后一个未宣布摘帽的深度贫困县，二〇一九年底全县共有建档立卡贫困人口十一万六千八百五十八人，累计脱贫十万三千九百一十八人，剩余贫困人口一万二千九百四十人，贫困发生率下降到百分之三点五八。

我说：“贫困发生率下降到百分之三点五八，还未清零。我早就想去看看。”他们说：“看哪个点？”我说：“随意看，走到哪个点是哪个点。”

这不，随意一走，就走到了沙坎村。车到沙坎村村委会办公地时，见有两位扶贫干部在路边，当然要下车握手，他们热情地邀我到村委会坐坐。我没有进村委会，而是站在坝子上与他们交流。一般情况下，我下乡几乎不到村委会，而是直接到农户家。这次，我仍然想坚持这习惯。我说：“往前走，去村民组。”话音刚落，就下起了太阳雨，这阳光明媚着，雨还不小，只好进村委会躲雨。

这一躲雨，让我长了见识，我惊喜不已。我仿佛置身于一个作战室，沙坎村脱贫攻坚战帮扶体系、作战体系的一幅幅图表，使我对沙坎村下辖十八个村民组、二十二个自然村寨、六百六十七户三千四百六十一人的过去与现在一目了然。这几年我走过数百个村寨，像这样的还是第一个。

据扶贫作战队队长吴平介绍：为了能够有效直观地体现镇村两级基本情况及基础性数据，按照县级统一部署要求，制定镇级及各村有形化上墙资料(脱贫攻坚作战图),实行挂图作战,实现精准帮扶、精准退出。

村级有形化建设分为五个板块，分别为村级产业分布图、基本情况简介、贫困现状分布图、建档立卡贫困户帮扶措施一览表及未脱贫户帮扶措施一览表。村级产业分布图主要介绍村级产业发展基本情况、带动贫困户发展产业情况以及各产业的分布地理位置;基本情况简介主要介绍整个村级层面的基本情况、帮扶体系及作战队网格分布情况，帮扶体系中详细阐述了帮村书记、作战队、村支两委、同步小康驻村工作队、结对帮扶干部的工作职责,层层分解,明确各队伍的工作目标及工作职责,层层压实各队伍责任;贫困现状分布图从地图上细化各网格建档立卡贫困户级贫困发生率,直观体现出网格贫困现状,明白台账上体现各村"一达标、两不愁、三保障"及饮水安全的基础性数据;建档立卡贫困户帮扶措施一览表以户为单位,体现全村建档立卡户所享受的政策、帮扶措施和结对帮扶干部帮扶情况;未脱贫户帮扶措施一览表以户为单位,体现尚未脱贫的建档立卡户所享受的政策、帮扶措施和结对帮扶干部帮扶情况,通过一览表直观体现是否达到脱贫标准。

有了这样的作战体系,我越来越坚信,在这样前赴后继的努力下任何贫困难题都会战胜。到二〇二〇年底,贫困清零指日可待。看着约二十六平方公里的沙坎村的立体图，那图上的每一个村民组、每一户民房,呈网状的组组通、户户通硬化路都标识得详详细细、清清楚楚。当然,我也知道该怎样作战了。雨停了,我们向着大山深处前进。

中午一点时，我在田坝村民组偶遇了村民组组长高友学。他说他姓高，我握住他的手说："你果然高！"他开心地笑了，大家都笑了起来。

坐在高友学家的院子里，我一时不想走了，我要与他扳着手指算账。刚才站在路边与他随意聊家常，我问道："你家收入多少？"他说："还可以。"我说："什么叫可以，在您眼中可以是多少？"他说："五六万吧！"我说："您家几口人？"他说："四口人。"

我往他新建的房子走，进家一屁股坐在椅子上说："今天有缘，成了朋友，您给我说句实话。"

他说："人怕出名，猪怕壮。"

我说："您怕什么，您家的钱又不是抢来的，是您勤劳致富挣来的。再说了，田坝村民组的其他村民，收入比您少很多吗？"

他说："在我们组，我算中上水平吧！"

我说："好，我们来算算这中上水平有多少收入。"

我说："您种了几亩前胡？"

他说："三亩，可收入一万八千元左右；辣椒、小黄姜两亩，可收入一万四千元左右；猪五头，可收入三万五千元左右。"

"这已经大大超过您刚才谦虚的数字了。"我用手指着不远处成群的鸡说，"这也是钱呀，这跑山鸡一斤二十五元，一只最少一百元。"

吴平说："他还参加了查缺补漏工作，一月补贴三千元，一年就是三万六千元。"

我说："还有吧？"

高友学有些腼腆了，他说："还给公司种植的前胡除草、采摘，每天工钱一百元。"

这时，刚好紫云县委常委、宣传部部长来了，坐在我对面。我指着部长对高友学说："您知道他一月工资多少吗？他是县级干部，拿到手的也就七千多元吧！您呢？一万三千元左右吧！他的房子要自己买，村里贫困户的房子国家给建。他吃的用的都要自己买，村民们大多靠山靠地就能满足。这就是公务员、人民的公仆。"我指着吴平，说，"他收入更低，他天天在这里扶贫，人民群众都脱贫了，他还不能回城，还要继续在这里，稳定扶贫成果。"

看得出，高友学和陆续围坐在院子里的群众都很受感动，他们的笑容非常灿烂，同时也感染了我们，大家都笑了起来。这一张张快乐而幸福的笑脸，传递了一个非常明确的信息，他们的获得感、满意度是真实而令人信服的。如此灿烂的笑，是勉强不来的。

二

朱支书个头不高，身材魁梧，脸上是经常处在阳光下才会有的酱红色。他声音洪亮，语速很快，思维也很清晰，给人一种很干练的印象。

据介绍，高田村在天龙镇西北面，全村总面积约十四平方公里，辖十七个自然村寨、二十个村小组，全村一千六百四十九户六千四百七十二人，村中建档贫困户是三百零五户共一千零七十七人，属于一类贫困村。

朱支书说："以前我们高田村穷得叮当响，晴天出门一身灰，雨天出门一身泥，吃饭靠天落雨，用钱靠外打工。那时候还有句俗话是这么说的：养女不嫁高田男，养儿跳出高田山。可想而知，当时我们村穷到了什么程度。"

我说："我想知道，十八大以来，你们村的人均收入情况。"他说："二〇一二年以前一千多元，二〇一二年至二〇一四年大约三千元，二〇一六年增长到四千元左右，二〇一九年达到一万二千元。"

这样的数据对比，可谓一目了然。这数据的背后，靠多少举措、多少艰辛、多少故事来支撑？这只有亲自参加了脱贫攻坚的干部群众才能体会到。

哪里有贫困，哪里就有党旗飘扬，村里利用"两学一做，三会一课"等创建活动来促脱贫。当时村里有二十个组，村支两委决定把整个党总支建为两个小组，分为八个支部，把党支部建在产业扶贫上，建在易地扶贫搬迁上，建在矛盾突出的地方。

支部建立完善后，村里慢慢形成了"党带群，先带后，富带穷，强带弱"的"四带机制"。有句话说得好："一个村富不富，关键看支部；支部强不强，关键看领头羊。"

而作为"领头羊"的村支书朱高学，除了不断学习，还带领村支两委去塘约、大坝等地学习先进经验。此后，村里又成立了乡贤会、老协会、妇代会、退役军人老兵会，再加上村支两委这个班子，这五个组织就成了全村老百姓的主心骨。这样一来，村支两委的干部也就成了全村老百姓的依靠，同时还成了老百姓心中的“三人”，即明白人、依靠人和理财人。

众所周知，易地扶贫搬迁是一块硬骨头。为此，村支两委提出了“宁愿站着睡，不让项目废”的口号，最终在一百天内完成了任务，使全村八十二户贫困户共二百八十五人完成了易地搬迁。

搬到新居后，大家还是很满意的。搬来之后，还要确保大家“搬得出、稳得住、能致富”，于是村里开始积极发展农业产业，并于二〇一七年底脱贫出列。

朱高学是我见过的最健谈的村支书。我说：“高田村二〇一七年就脱贫了，现在还致富了，说明你这个支书不仅能说，还特别能干。”

见我赞誉他，他有些不好意思，一边摆手一边说：“不是我能干，主要是党中央的扶贫政策好。”

我说：“政策好，也要有你这样优秀的村支书嘛！你们村二〇一七年就脱贫了，现在还有一些贫困村没有出列，脱贫攻坚不容易呀！”

朱高学笑了起来，他说：“是啊，确实很不容易。”

我说：“那你说一两件具体的难事、麻烦事。”

朱高学想了想，说：“那就说一件流转土地时发生的事。当时我们村支两委利用十天时间，流转了近一千四百亩土地到我们农合社，一共涉及农户九百二十六户。但是这些地，一是坑洼不平，二是地里面还有很多座坟堆。当时我提出要先搞土地整治，平地、挖地坎，同时迁坟，所有村干部听了之后都很犯愁，挖人祖坟，谁愿意干啊？”

我说：“那你们又是怎么干成的？”

他说：“我和大家说，我们搞易地扶贫搬迁，老百姓享受了，老祖宗也该享受一下。我们该把他们迁到视野更开阔、风水更好的地方。开完会第二天，我先把自家的四座坟，还有我老婆家的八座坟全部迁出。接下来，就是村支两委的干部先行动，在我们迁出二十六座坟之后，剩余的也就全部迁出了。最后，这一片增加了二十六点五亩村集体地，也完成了土地的最大实用化。”

最终，高田村用了三十五天的时间，进行了土地流转、平整地坎，迁坟一百六十三座，最终一个“田成方、地成块、沟相通、路相连、涝能排、旱滴灌”的绿色化、规模化、机械化、产业化的高标准蔬菜基地在高田村诞生了。

他所说的高标准蔬菜基地我去看过，难以想象，在贵州这样一个高山和丘陵密布的省份，居然能看见这么平坦、开阔的一片田地。我去的时候正值仲夏，站在基地的制高点放眼望去，眼中全是绿色，就像一片无边无际的绿色海洋，充满了生机与活力。

这之后，高田村进一步完善了六千二百二十五亩的核心区，形成了以高田村为中心的八千多亩的蔬菜中心。

现在高田村的核心区南跨合旺村，经过青庄大坝，抵达塘约村；北越二官村，连接西秀区。现在，老百姓的收入从二〇一一年的一千多元提升到了二〇一九年底的一万二千元。而高田村从一个办公经费都困难的村变成了拥有一千二百万村资产的富裕村。

可以说，高田村能发展到今天的局面，和党的好政策是分不开的。现在全村上下充溢着等不得的紧迫感、坐不住的使命感和慢不得的责任感。

朱高学说："就拿迁祖坟来说，开始村干部被老百姓骂。我说老百姓骂我们是暂时的，我们要把骂声当作心声，当作我们工作的动力，不到半年的时间，他们一定会把骂声变成笑声，把哭脸变成笑脸。果然，不到半年的时间，他们尝到了甜头，一切就变了。

"原来我们一亩地单打独斗的时候收益不到三千元，现在一亩地的收入增加到了一万二千元到一万三千元，大家都会算账的。我们村的农业产业实现多样化，现在我们村种植高山云雾茶一千零五十亩、水产养殖二百五十亩、零散养鸡三万只、生猪出栏六千头，大棚食用菌产业等农业高标准产业成为支柱产业，有些农产品不仅南下，甚至还漂洋过海。所以我说，老百姓看到贫瘠的土地变成了希望的田野，骂声就变成了笑声。

"这些年，我们从脱贫攻坚到乡村振兴再到产业蓬勃发展，这一路走来，真的有很多的艰辛坎坷；为了完成一项工作，我们的村干部都得硬着头皮、厚着脸皮、磨破嘴皮、饿着肚皮、跑出脚皮去工作，大家都笑我们是'五皮干部'。"

说到这里，朱高学笑了起来，笑得很灿烂。

三

眼前是一片约八百亩的辣椒地，鲜红的辣椒非常耀眼，一群妇女忙着采摘。这里是猫营镇黄土村民组与红岩村民组最大的一块连片土地，是“南山婆”高标准辣椒种植基地。“南山婆”传承人包爱明说：“做好产业扶贫是稳固脱贫成果的核心力量。我们要做的就是有效地连接两头，一头连接贫困群众，拉动农村产业发展；一头连接城里的消费者，做大做好销路，从而带动产业持续发展。”

在与当地百姓的合作中，“南山婆”有三种模式：一是跟老百姓直接下单；二是建立“南山婆”种植基地，给老百姓传授种养技术，带动他们种植；三是跟合作社以及当地专业的农业公司合作。

这种扶贫模式，实际上就是把企业、贫困百姓、消费者三者紧密地连接在一起，这是一个非常好的模式，它起到了双赢甚至多赢的作用。

我也忍不住下地采摘鲜艳的红辣椒，当然我没有妇女们手快。我问身边的一位妇女：“你一天能采多少斤？”她说：“三百斤，每天挣一百五十元。”

我有些吃力地直起腰，把辣椒放进她的背篓说：“你太能干了。”

她笑呵呵地说：“你干不了我们农民的活儿。”

大家都笑了起来。

正好猫营镇党委书记郑光兴来了,我赶紧走出辣椒地。

据郑光兴介绍:黄土村民组有一百七十二户七百六十九人,其中建档立卡贫困户二十二户七十七人,已脱贫十一户四十八人,未脱贫十一户二十九人。易地移民搬迁一户两人。二〇九省道穿组而过,庭院硬化、串户路二千二百四十六平方米,安装路灯三十五盏。组内种植葛根一百零五亩、种植冬瓜一百二十三亩、种植辣椒三百七十一亩,带动组内九十七人务工,其中贫困户二十五人;红岩村民组一百二十六户六百零五人,其中建档立卡贫困户十五户六十四人,已脱贫十二户五十六人,未脱贫三户八人。易地移民搬迁一户三人。通组路硬化八百米,庭院硬化、串户路三千二百四十六平方米,安装路灯二十五盏。组内种植辣椒三百八十八亩,带动组内一百二十三人务工,其中贫困户二十一人。

猫营镇位于紫云自治县北部,地处西秀区、镇宁县交界地域,有"紫云县北大门"之称,二〇九省道穿境而过,距县城约三十公里,距安顺市区约四十七公里,安紫高速公路横穿南北,交通便利,区位条件优越。全镇面积约二百八十五平方公里,辖有十七个村、两个社区、二百四十一个村民小组、一百八十六个自然村寨。全镇总人口一万二千四百四十三户五万五千一百六十二人,居住有汉族、布依族、苗族、侗族、仡佬族、壮族等十八个民族,共有耕地九点零三万亩。全镇有贫困村六个,其中深度贫困村三个,已出列三个一般贫困村:格东村、格幺村、普卡桥村,一个深度贫困村沙坝村,还剩两个未出列村:新院村和沙坎村。目前有建档立卡贫困户二千六百一十五户一万零一百一十一人,其中已脱贫户二千零五十二户八千三百七十八人，未脱贫户五百六十三户一千七百三十三人，贫困发生率从百分之十三点九四下降到百分之三点一四，目前，未脱贫户、未出列村均达到脱贫出列标准，等待验收。

我说："上午我去过沙坎村，村里的扶贫攻坚作战图和扶贫作战体系太牛了。"

他说："严格按照打赢脱贫攻坚战的决策部署，'一手抓疫情防控、一手抓脱贫攻坚'的工作要求，坚持'两个战役一起打、两个成果一起要'，始终一刻也不敢停、一步也不敢错、一天也不敢耽误，全力发起脱贫攻坚最后总攻。组织打好'百日冲刺''九十天冲刺歼灭战'，凝聚力量、压实责任、持续攻坚。

"我们镇发展生产脱贫一批：二〇一四年以来，实施产业扶贫项目五十三个，累计投入资金七千八百九十三万三千二百元，累计分红资金二百七十三万七千四百元。易地搬迁脱贫一批：投入一亿八千三百三十九万元修建龙井社区易地扶贫搬迁安置点，共有二十二栋房屋，划分五十七个单元，共计九百七十套住房。二〇一六年，搬迁项目完成八百九十六户三千五百一十一人，涉及十七个行政村，拆除旧房七百八十栋，复垦复绿七百八十栋。二〇一八年，搬迁到县城农户八十七户三百一十一人，其中建档立卡贫困户三十七户一百四十二人，其余五十户均为整组搬迁的非贫困户。旧房应拆八十三户，全部拆除完毕；其余四户为无房户。生态补偿脱贫一批：聘请生态护林员共计二百二十一人次；兑现发放重点公益林资金共计四百五十五万一千元、地方公益林资金二百一十一万六千二百元；退耕还林涉及面积两万三千七百四十六亩，兑现资金共计一千三百八十七万六千四百元。发展教育脱贫一批：开展教育资助七千五百三十九人次，涉及资金九百八十万三千九百元；'两免一补'涉及四千二百四十六人次，涉及资金二百四十八万四千四百元。社会保障兜底一批：纳入低保累计三十六万五千四百人次（按月累计），发放资金七千九百九十万五千元；开展临时救助共计五百五十一人次，涉及资金七十五万九千元；医疗救助共计五千三百七十七人次，救助金额九百六十八万九千六百元；大病商保报销三千九百三十四人次，报销金额六百五十六万元；医疗保障兜底一千四百九十二人次，兜底金额九十四万九千元；基本医保报销六万四千七百九十五人次，报销金额九千二百三十四万三千一百元；建档立卡贫困户参合率百分之百。稳就业创增收工作进展顺利：引导建档立卡贫困户外出务工七千零三十三人次，月人均务工收入三千元以上。安置人社公益性岗位七百九十一人，月人均增收四百元。其中建档立卡已脱贫户五百一十五人，建档立卡未脱贫户二百七十人，边缘户六人。落实建档立卡贫困户一次性外出求职创业补贴七百八十六人，涉及资金七十三万二千元。组织贫困劳动力就业技能二十四个班次，培训二千三百一十二人。"

紫云县扶贫办主任张雄介绍说："按照'不漏一户、不漏一人、不漏一项'的标准，组织所有驻村干部和结对帮扶干部对历年来已脱贫的两万三千四百三十八户十万三千九百一十八人和未脱贫的三千七百九十五户一万二千九百四十人以及三百九十四户一千三百九十一人边缘户开展了地毯式筛查，按照'差什么补什么’的原则，一以贯之补齐‘两不愁三保障’短板弱项。

“我们县按照国务院扶贫办和省委脱贫攻坚挂牌督战工作部署，组织县、乡两级领导干部对一百六十二个行政村实行全覆盖挂牌督战，未出列的二十一个贫困村由市、县两级党委、政府班子成员重点挂牌督战，坚决做到精准督促、靶向作战。按照‘全覆盖、督死角、查问题、抓整改’的要求，实行每村一方案、每户一台账、每周一督战、每旬一调度，以十二个战区、十七个工作专班为班底，再次安排一千二百二十四名脱贫攻坚前沿作战队员到村到户开展基础信息核查、落实帮扶措施、动态走访监测。在全县形成纵向一抓到底、横向互联互通的强劲督战体系。

“重点对‘三类人群’即未脱贫人口三千九百七十五户一万二千九百四十人、脱贫监测人口三百九十八户一千六百四十九人和‘边缘户’三百八十八户一千三百七十八人挂牌作战，聚集目标导向、问题导向、结果导向，做到户户见面、项项过关，确保全部达到脱贫标准。由县脱贫攻坚总决战指挥部牵头开展‘交叉看、查脱贫攻坚是否存在短板弱项’，抽调六百三十六名部门及乡镇业务能力强、政策标准熟的干部组建十二个检查组，进行集中培训后，对全县一万三千七百六十户样本逐村逐户逐人开展乡镇间交叉看，查脱贫攻坚是否还存在盲区和短板以及‘明白栏’上墙信息和户档资料是否准确无误、工作是否落实到位，脱贫成效得到进一步检验；各部门、乡镇组织力量开展‘回头看、查问题整改是否全部到位’，对各级反馈和我县自查发现的问题整改落实情况开展回头看，查问题整改是否全部整改到位，确保整改不走过场、问题不留死角，全部真正整改销号。同时，县直各部门积极与上级业务部门汇报对接台账数据，确保做到上下数据一致，为脱贫攻坚省级复查、国家普查等工作做好准备。”

紫云苗族布依族自治县地处乌蒙山脉和苗岭山脉交汇点，是典型的喀斯特地貌地区，山多地少、土地贫瘠，在深度贫困县中赫赫有名。十八大以来，这里大力发展山地特色绿色经济，成功地实践了“绿水青山就是金山银山”的发展道路，其森林覆盖率达到百分之六十八点六三，远远高于全国百分之二十二点九六的平均水平，也高于贵州百分之五十八点五的平均水平。

作为贵州最后九个还未摘掉绝对贫困标签的深度贫困县之一的紫云苗族布依族自治县将在二〇二〇年十月迎来最后的第三方评估、验收。

我们拭目以待。

第五章　江山如此多娇

一

我不止一次站在娄山关的隘口，俯瞰这巍峨的群山。

这是大娄山脉最为险要的地方。隘口向北入川，向南入黔。过了此险便可长驱直入，之后再无如此雄关。

望着盘山而上飘入云端的公路，我想，没有了这条公路，很难想象人可以随时来往。我想象过没有公路的娄山关的模样。那模样看起来的确雄伟、苍凉，给步行者一种难以翻越的感觉。有了这样的感觉，八十五年前，一位伟人徒步翻越这里，挥毫写下“雄关漫道真如铁，而今迈步从头越”的词句，那种山高我为峰的豪情，至今让人热血沸腾！

人们早已不可能体验没有公路的娄山关了，眼前这条以“七十二道拐”之险峻而闻名于世的盘山公路，也不再是连通黔渝的交通要道。凡是驱车走过这里的人都体验过，要翻越这座大山，这一上一下，即便小汽车也需要一个多小时。现在，这种情形不复存在，早已天堑变通途，一条高速公路巨龙般从山体腹部穿过，通过仅需十余分钟。

更令人震撼的是，这片地处乌蒙山区和武陵山区交汇点的磅礴群山之中，如今条条道路呈网状般连通，实现了村村通、组组通。这无疑将会长久地、持续地改变居住在这里的各族人民的生活，这将是改变革命老区贫困面貌的重要标志性成果。那么，革命老区离彻底战胜贫困的目标还远吗？答案已经在眼前。

二〇二〇年三月三日，贵州省人民政府发布公告，正安县等二十四个县（区）符合国家贫困县退出标准。

至此，闻名遐迩的革命老区遵义市的最后一个深度贫困县——正安县正式脱贫摘帽，这也宣告了遵义市成为贵州省率先实现全面脱贫的地级市，彻底撕掉绝对贫困的标签。

截至目前，遵义市八个贫困县全部退出，八百七十一个贫困村出列，九十二万二千二百建档立卡贫困人口全部脱贫，贫困发生率从二〇一四年初的百分之十三点七五下降到二〇一九年底的零。遵义市在全省率先实现整市全员脱贫目标，实现了全面消除绝对贫困。

脱贫攻坚贵在精准，重在精准，成败之举在于精准。习近平总书记指出："必须在精准施策上出实招、在精准推进上下实功、在精准落地上见实效。"

牢记习近平总书记的殷殷嘱托，遵义市聚焦"六个精准"，全面摒弃搞“盆景”“路边花”“形象工程”等一切形式主义，既不降低标准，也不吊高“胃口”，实行“人盯人”战术，扎实推进精准识别、精准帮扶、精准退出工作，做到识别纳入有严格的规范性、动态帮扶有精准的针对性、脱贫退出有真实的可靠性，确保脱贫工作务实、过程扎实、结果真实。从注重脱贫实效“解穷困”到守牢保障底线“兜穷底”，从增强造血功能“改穷业”到攻克贫困难题“强穷村”，从改善基础设施“换穷貌”到改变生存条件“挪穷窝”等举措，探索出了一条具有革命老区特色的脱贫之路，向党中央、省委和全市八百万人民交出了一份合格的答卷。

在与遵义市委书记魏树旺的交谈中，一种感受直接撞击我的胸口，使我心潮澎湃，感慨万千。不难想象，全民脱贫这个人类历史上从未有过的伟大工程，如果没有共产党的坚强领导，是永远不可能实现的。我在扶贫第一线也耳闻目睹了许许多多可歌可泣的故事，可要我像魏书记一样如数家珍地讲出那些数不胜数的扶贫事迹和翔实数据，我只能自惭形秽。

“群众搬迁到哪里，党组织就建到哪里；搬迁群众在哪里，党员就在哪里；无论有多么偏远，无论有多少困难，哪里有贫困，哪里有危急，哪里就有党旗在高高飘扬。”魏树旺书记说这段话的时候，并没有提高嗓音，还是那样的娓娓道来，稳重而不失亲和，但真是掷地有声！他有这样的语调，分明就是源于心中的笃定和自信。

我始终坚信，凡是有底气的人，从来不靠声音之大来解决问题。

革命老区人民的绝对贫困“清零”了，要确保这个成果，可谓任重而道远。对于这一点，我想凡是参加过脱贫攻坚的人，都会有这样的担心。如何有效降低返贫率，或者说保持贫困发生率为零，是今后扶贫工作的重中之重。这样的问题我们肯定会探讨。毋庸置疑，我们的探讨是绝对不会回避一些基层尖锐问题的。对于我这个常年走在脱贫攻坚一线的三届全国人大代表，魏树旺书记是了解的。在全国人民代表大会会议期间，我们曾无数次交流很多问题，当然，实事求是是我们永远遵循的话题原则。

他说：“遵义市的脱贫攻坚起了个大早、开了个好头，在全省率先实现全面脱贫目标，但并不意味着我们可以‘刀枪入库’‘马放南山’‘松一口气’‘歇一歇脚’了。”

我说：“清零不易，持续确保脱贫成果才是关键。”

他说：“只要我们的党员干部真正学懂弄通了习近平新时代中国特色社会主义思想，我们就能攻无不克、战无不胜。在全省脱贫攻坚的终场铃声响起之前，我们不能独自走出考场，必须反复检查核对，确保交出分值更高的答卷。”

我说：“我要下去走走，眼见为实。”

他说：“好一个眼见为实。你想去哪里？”

我说：“正安县。”

他说：“正安县是遵义市最后一个清零的深度贫困县。你去过吗？”

我说：“十八年前去过。”

二

假如你再次走进久远的记忆深处，眼前呈现的景象与你的记忆毫不相干的时候，你一定会很惆怅、很遗憾。可是，当这样的惆怅和遗憾触动了你内心世界那些柔软地方的时候，那么祝福你，因为你此时一定扬起了笑脸，眼里充满惊讶和喜悦。

此时，我就是这样的。十八年前，我来过并给我留下深刻记忆的正安县县城已焕然一新，几乎找不到任何旧时的痕迹。这些痕迹正是我心中的挂念，而挂念久远了，就成了乡愁。当那一缕乡愁柔软地涌上我心头的时候，有人问我的感受。我扬起了笑脸，愉悦地说："旧貌换新颜。"

在场的人，都扬起了笑脸。

记得习近平总书记讲过："党中央制定的政策好不好，要看乡亲们是哭还是笑。"这句质朴的话，当真可谓切中要害、掷地有声，如醍醐灌顶，振聋发聩。

有了这样的理解，在我走村过寨的采访中，便坚持一条这样的原则：不管是谁提供什么样的资料、素材给我，不到一线眼见为实地访问，绝不引用。善于观察洞悉事实是一名作家的基础本领，我坚持与每一名相遇的贫困户促膝谈心、交朋友。可以这样说，以前我到过很多的贫困村，见过很多的贫困户，现在在这些地方，我就没有见过愁眉苦脸的人，他们灿烂的笑容真真切切地感染了我。我的笑便也灿烂起来，此时与他们分享幸福和收获比什么都快乐。

众所周知，贵州是全国脱贫攻坚的主战场，而地属乌蒙山区和武陵山区的一些地区，便成了贵州脱贫攻坚的主战场。正安县是地处乌蒙山区和武陵山区交汇点的国家级深度贫困县，是典型的山区农业大县，也是一个人口大县，全县面积两千五百九十五平方公里，辖二十个镇（乡），一百五十四个村（居委会），总人口六十六万零八百人，其中农业人口六十万一千二百人，有十七个贫困乡镇、九十个贫困村。全县建档立卡贫困人口三万一千二百九十八户十二万八千零三十一人，贫困发生率为百分之二十一点三三。二〇一九年底，全县十七个贫困乡镇和九十个贫困村已全部脱贫，三万一千二百九十八户十二万八千零三十一名建档立卡贫困人口，按现行标准已全部实现脱贫。二〇二〇年一月，正安县脱贫攻坚在贵州省第三方评估验收中取得了零错退、零漏评、贫困人口全部清零和满意度百分之九十九点二二的好成绩。二〇二〇年三月三日，贵州省政府正式公告正安县退出贫困县序列，在全省十六个深度贫困县中率先实现现行标准下农村贫困人口全部脱贫目标。

我是二〇二〇年五月六日经过三个半小时的长途跋涉，于下午四时到达正安县城的。当遵义市人大常委会副主任、正安县委书记邓兆桃问我想先看什么时，我毫不犹豫地回答：先看移民搬迁安置点。邓兆桃书记二话不说，说走就走。我们便驱车前往。

于贵州而言，易地扶贫搬迁任务乃重中之重，贵州于二〇一九年十二月二十三日宣布全面完成“十三五”时期易地扶贫搬迁任务，全省累计实施搬迁一百八十八万人，其中建档立卡贫困人口一百五十四万三千三百人，同步搬迁三十三万六千七百人，整体搬迁自然村寨一万零九十个。这样的数字，是令人震撼的。在全球近两百个国家和地区，这样宏大规模的搬迁，几乎是不可想象的。

从“怎么搬”到“搬后怎么办”，这个过程可谓困难重重，但又是必须要解决好的问题。这个问题与搬迁群众的幸福感、安全感、获得感紧密相连，让搬出大山的贫困群众实现“搬得出、稳得住、可发展、能致富”这一目标，对广大扶贫干部以及他们扶贫的对象，都是严峻的考验。

以前，我去过很多搬迁点，不是有这样的问题就是有那样的问题，总之矛盾还是相当突出的。而精准扶贫的实施，则充分体现了共产党人善于在矛盾中解决矛盾的能力和决心。这些年取得的扶贫成效举世瞩目，人民群众有切身感受。

早就耳闻正安县瑞濠移民安置点做得好，今天，我突然提出要看看这地方，一是秉承我一贯的采访原则——耳听为虚、眼见为实，二是我采访的线路和目的从不提前告诉工作人员。我每次下基层都坚持这样做。在没到采访地之前，无论谁问我采访对象和目的，我都坚持不说，只说到了再说再商议。这样做，有可能让人误会，可我还是愿意这样，我只是希望用我习惯的方法进行，看起来随意性很强，我却乐此不疲。

不到十分钟就到了正安县瑞濠搬迁安置点，我们下车后便信步往前走，走进社区，走进街道。我们随意地走在街道上，街道两旁行人不少，三三两两站着或坐在椅子上的人也不少。我们的出现并未引起他们的特别注意，这正合我意，这样，我便可以随意地观察他们。

见我只看不说话，邓兆桃书记也不多言，我们就这样东看看、西瞧瞧地走了两条街。终于，我忍不住开了口，我说："邓书记，没有比笑更能说明问题的了，走了这么久了，我还没见到一个愁眉苦脸的人，我能感觉这些人的笑是发自内心的。"

邓兆桃书记笑了，我当然也扬起了笑脸。

瑞濠街道移民安置点是遵义市搬迁及建设规模最大的安置点。安置房总投资十一亿七千万元，占地四百四十三亩，共有九个小区七十二栋楼一百六十个单元，住房三千六百五十二套，搬迁规模达三千多户一万七千五百三十四人，目前已全部搬迁入住。为确保"搬得出、稳得住、可发展、能致富"，社区街道以"五大体系"建设为抓手，以"三心"（搬得放心、住得顺心、过得舒心）为目标，紧紧围绕"12345"工作思路，扎实推进后续扶持管理工作。

首先狠抓"三个突显"，确保群众"搬得放心"。在选址上突显优势：该安置点紧靠工业园区、县职校、三甲医院、"一场五馆"、物流中心等场所，区位优势明显，群众搬迁入住后有利于解决就业、就医、上学等问题。在设计上突显功能：总建筑面积五十一万平方米，住宅建筑面积三万四千平方米，商业面积四万三千平方米，车库十万三千六百平方米，配套建设了医院、小学、幼儿园、农贸市场、商业门面、车库等，满足了群众生产、生活需要。在建设上突显质量：始终围绕打造“工程建设、服务管理、就业创业、社会治理、基层组织建设”示范工程，打造全省乃至全国易地扶贫搬迁示范工程等目标，在建设中严格规范操作、按图施工，在材料采购、施工监管、内在质量、外部形象等各方面都责任到人，严把质量关、严抓严管，全力打造群众放心工程，确保群众搬得放心。

其次推进“12345”工程，确保群众住得顺心、过得舒心。

一是建强一个组织，实现领导全域化。成立街道办事处并下设两个居委会，成立了党支部，选派了两名政治素质高、服务能力强的党员担任支部书记，充实了基层党组织力量，为移民搬迁工程的长效管理奠定了坚实基础；选派了九名苑长、七十二名楼长，形成了“苑长制+楼长制”的网格化自治组织；依托工会、妇联、团委等机构，建立妇女儿童之家、职工活动中心，丰富了群众生活，融洽了邻里关系，让群众感受到不管搬到哪里都有组织的关心、关怀。

二是建设两个社区，实现服务更便捷。扎实推进“平安社区”创建，打造“智慧社区”，加强社会综合治理，不断提升基层社会综合治理智能化水平，深入推进智慧社区建设，着力构建便捷高效的社区管理和民生服务体系，创造安全、舒适、便利的社区生活环境，切实增强搬迁群众的获得感、幸福感、安全感。

三是组建三个中心，实现服务高质量。组建了物业管理服务中心。引进物业管理公司组建多支物业管理服务队，对安置点水、电、农贸市场、车库等进行管理，对市政公用设施、绿化、环境等进行维护和修缮，全面保障群众生活有序。同时，在干部职工、党员群众中选拔身强力壮的人组建治安巡逻队，对党的政策、防火防盗知识进行宣传，提高安置点群众安全防范意识，保障群众财产安全；组建社工服务中心。每年投入二十万元购买社会服务，采用“社区+社工+社会组织”的“三社”联动模式，整合政府、社区、社会等多方资源，帮助易地搬迁户适应新的生活环境，转变村民的生活习惯，帮助解决实际困难，实现能力提升。此外，积极鼓励有意愿为安置点群众服务的年轻人成立志愿服务队，为安置点空巢老人、留守儿童、残疾人等特殊群体送关心、送温暖；成立教育培训中心，依托“新时代市民讲习所”，大力开展感恩教育、道德教育、市民化管理教育、法律教育，以及就业养老、医疗卫生、社会保障、民政救助等政策宣讲，增强搬迁群众脱贫致富的能力。

四是健全四个机制，确保后续有保障。建立“三转”机制，解决搬迁群众后顾之忧。帮助落实转学，涉及的四千六百六十四名搬迁户子女全部转移到安置点附近的建政中学、正安四小、安置点幼儿园等学校就读；帮助落实转户口，按照积极、稳妥、自愿的原则，有效推进户口转移工作；帮助落实转低保，实施低保提标扩面工程，将原享受农村低保的五百二十名群众全部转为城镇低保并提高标准，同时将在过渡期生活困难的四千九百零二名移民纳入城镇低保，实现了移民生活有保障。

建立“三帮”机制，确保生活有保障。落实单位帮“栋”，明确六十五个县直部门各帮一栋楼，对所帮楼栋的特困群众采取特殊帮扶措施，目前已帮助了三百余户困难群众购买家电、家具等生活物品。落实企业帮“元”，明确神曲乐器、黔安农牧等一百四十二个企业各帮扶一个单元，对有就业能力的给予引荐，目前已吸纳四百二十五名群众到园区就业。落实干部帮“户”，明确全县两千五百名县直机关干部“一对一”结对帮扶，向群众宣传政策，帮助他们厘清发展思路、解决实际困难。

落实“三就”政策，确保后续发展。解决群众就医，坚持从优从高、群众自愿的原则做好医保接转。同时在安置点配套建设了卫生院，并对搬迁群众开设医疗“绿色通道”，提供先诊疗、后付费和“一站式”服务；解决群众就业，根据搬迁群众的年龄、性别、特长等建立信息库，精准实施培训。坚持以就业为导向，通过“移民点单”“企业下单”“政府买单”的“菜单式”“突击式”培训，截至目前，已开展培训四千四百八十人次，其中家政、护工培训十一期六百六十人次，厨师培训五期两百五十人次，电工、焊工、建筑类培训五期三百人次，保洁、保安培训七期四百二十人次，其他技能培训一千零五十人次，入住前培训一千八百余人次。精准对岗对位，解决就业七千五百二十八人，实现户均就业两人以上，就业率达百分之八十四点一；解决群众子女就学问题，配套建设建政中学、正安四小、安置点幼儿园，并严格按政策兑现“两助三免”、国家助学金等政策，切实保障搬迁户子女就学。

完善“三地”机制，确保群众有收入。在迁出地建立合作社，把搬迁户迁出后留在原居住地的宅基地、承包地、林地“三块地”进行统一收储，搬迁群众利用承包土地、部分扶贫资金、“特惠贷”等参与入股各类龙头企业，实行“保底补贴+效益分红”模式，集中发展农业产业，构建以“三变”为主要内容的利益联结机制，切实提高搬迁群众收入。

五是实施五个工程，引领搬迁新实践。第一，打造“堡垒工程”。充分发挥党组织战斗堡垒作用，吹响“群众搬迁到哪里，党组织就建到哪里；搬迁群众在哪里，党员就在哪里”的行动号角。第二，打造“服务创新工程”。创新服务模式，实施“党建+综合治理”服务、“党建+群团组织”服务、“党建+社会资本”服务，提升服务效能，使搬迁社区党组织工作方式更加符合服务群众的需要，提高群众的安全感和满意度。第三，打造“党群连心工程”。充分发挥社区党支部战斗堡垒作用和党员先锋模范作用，从搬迁党员、机关党员、退休干部党员中选择党性觉悟高、政治素质强的两百八十四名党员担任“党群连心户”户长，围绕政策宣传、民情反馈、引领致富、纠纷调解、工作监督、民事代办和街容整洁，以户长示范、党员带头、群众参与为主体，以“党群连心户”为抓手，通过党带群、干带群、先带后，形成互融互促、和谐共建的良好氛围，充分发挥党员先锋模范作用，为党员搭建一个发挥作用、服务群众的有效平台。第四，打造“党建安居工程”。通过迁出地、安置地“双向互动”引领，聚焦改善搬迁户民生，构建纵横联动的大党建体系，着力解决搬迁后续工作难题，确保脱贫质量。第五，打造“文明提升工程”。加强搬迁社区精神文明建设，重点实施“三项活动”，居民思想道德素质明显提高，文明意识进一步增强。通过开展文化浸润活动、素质培育活动、幸福指数提升活动，引导群众感恩奋进、自力更生。

看在眼里，记在心里。这一刻，我已下定决心，要用我的笔来书写这一切。于我而言，写作就是一种爱好，抒写的就是一种心情，就像我登上一座山峰，就想敞开喉咙唱个痛快一样。因此，我认为文学就是一种真情的流露，就是一种记忆，需要我们常常挂念。

记忆是文学的源头，记忆是人类社会文明进程的痕迹，而这些痕迹告诉了我们什么，我想每一位中国人都了然于胸。五千年的中华文明史告诉我们，只有人民才是推动历史前进的动力。管子曾告诫君王以人为本。《荀子》有言："君者，舟也；庶人者，水也。水则载舟，水则覆舟。"唐太宗李世民明白这个道理，推动了"贞观之治"，从而奠定了开元盛世的重要基础。今天，习近平总书记带领中国共产党人，始终坚持以人民为中心的执政理念。精准扶贫的实施，是中国历史上最伟大的惠民工程。

我反复阅读习近平总书记的文章和讲话，常常被他伟大的情怀感染。当一个人的人生忧乐与整个民族的忧乐乃至命运相连的时候，这样的人生经历就值得被永远记住并代代相传。一个失去记忆或者专记乐事不记痛事的民族注定是个失语的民族，而一个失语的民族注定没有未来。习近平总书记的经历和记忆是伟大的，是我们民族的集体记忆：有苦难，同时也有战胜苦难的办法、力量和智慧。

所以，学懂弄通习近平新时代中国特色社会主义思想，是每一名党员干部的修养所在。这样才能实现以人民为中心的各项目标和任务。

为了使采访更真切、更有说服力，我见了户长、楼长、街道办主任等人。

陈昌兴从偏远的小雅镇搬至瑞濠安置点后，当上了“党群连心户”户长，主要负责党的政策宣传、社区工作监督、民事代办、纠纷调解等工作，经常为移民群众的生活起居等琐事忙碌。

他说：“很多村民刚搬来时，闹了不少笑话，如马桶不会用、防盗门不会开、出门找不到回家的路、提水桶接水冲地板水漫几层楼，等等。”

我说：“我去过很多搬迁点，这样的情况比比皆是。”

陈昌兴说：“现在好了，群众从最初的‘不习惯’‘担忧顾虑’到‘住得舒服’‘安居乐业’，实现了稳得住而且能致富的转变。”

我说：“你很有水平，讲得真好！”

他说：“不是我讲得好，本身就是这样好的，不信你上街随便找一个人问问。”

我说：“早问过了，与你一样，都说党中央的政策好！”

他说：“我们都是尝到了甜头的人，不说好就太没良心了。”

我们一起笑了起来，周围的人们也都笑了起来。

“楼长”是群众的法制宣传员、邻里纠纷调解员、治安防范协管员、综合信息采集员、宜居环境监督员，在服务群众、融洽邻里等方面发挥了重要作用，搬迁户们也越来越离不开“楼长”了。因而“有问题，找楼长”这一句口头禅便在安置点流行起来。

“楼长”董志莲说：“找我没问题，只要我能办的，绝对没问题。领导和村民们信任我，推荐我当，我就要尽职尽责。”

像董志莲这样的“楼长”，在瑞濠安置点一共有七十一位，他们要为安置点三千七百九十五户一万七千三百九十八人做服务工作。这样算来,她要负责三个单元七十二户。作为“楼长”,董志莲的主要职责是调解邻里矛盾,大家遇到大大小小的家庭琐事,也都会来找她帮忙,她从不推托,总是想尽办法解决问题。

我问她:“这么多户,有事都找你。你能解决他们的问题吗?”

她说:“农民成市民了,大家刚来时还真心慌得很。”

我说:“说说大家恐慌什么。”

她说:“一下子从农村搬进城市,有些人一时难以适应小区的生活环境,出门不带钥匙、打不开防盗门、不会开网络电视、把鞭炮放进冰箱里、出门找不到回家的路等情况时有发生。”

“搬迁后,我们接受群众咨询三万多次,为群众开锁三千余次,开水关水一千余次,处理生活用电问题两千余次,处理矛盾纠纷五百余次,护送群众回家五百余次。”街道办主任吴太玺补充说。

大家都热情地围了上来,七嘴八舌地讲述他们曾经闹出的许多笑话,气氛一下子活跃起来,笑声此起彼伏。

我也忍不住笑了起来,我说:“这就是你们的恐慌呀?我看你们这是快乐的‘恐慌’!”

大家都哈哈笑了起来。这笑声一阵阵传开去,很远都能听见。这一张张快乐而幸福的笑脸,传递了一个非常明确的信息,他们的获得感、满意度是真实而令人信服的。如此灿烂的笑,是勉强不来的。

我的心思一下子飞到了花茂村。习近平总书记在那里曾感慨地说了两句话，一句是“怪不得大家都来，在这里找到乡愁了”，还有一句是“党中央制定的政策好不好，要看乡亲们是哭还是笑”。

当年我采访花茂村“红色之家”的村民王治强的时候，他笑起来像一朵向日葵，他指着习近平总书记坐过的一把椅子说：“习近平总书记就坐在这里，他说我们是哭还是笑的时候，在场的乡亲们都笑开了花。”

此时，我感觉大家笑得像一朵朵向日葵，党中央的政策像太阳的光辉照耀着我们。

乡亲们有了这样幸福的笑容，多么震撼人心！我们坚信百万党员干部下乡实施精准扶贫是深入人心的伟大工程，他们的辛苦换来的是老百姓真真切切的幸福。

以人民为中心是习近平总书记治国理政的核心理念，人民立场是马克思主义政党区别于其他政党的显著标志。

十九大报告强调：“党的一切工作必须以最广大人民根本利益为最高标准。”检验我们一切工作的成效，最终要看人民是否真正得到了实惠、人民生活是否真正得到了改善、人民权益是否真正得到了保障。

在正安县瑞濠安置点，我真切地感到县委、县政府正是以搬迁群众所需为出发点，以解决群众的就业和创业为重点，不断完善移民后续扶持帮扶机制，有效破解了搬迁群众不敢来、不想来、如何住、如何富等难题。让居住在深山中的贫困群众迁出大山，使群众的生活得到了改善、生存得到了保障，使群众获得了真正的实惠。

为了确保贫困户能顺利入住，当地政府实行了这样一项优惠政策：每名搬迁人员只需自筹资金两千元，就可以搬进人均面积二十平方米的新房，住满五年后还可以获得房屋的产权。房屋已经装修完毕，电视、冰箱、空调等家电一应俱全，人们可以“拎包入住”。

正安县瑞濠移民安置点作为遵义市规模最大的易地扶贫搬迁集中安置点，居住着来自二十个乡镇的一万七千余名易地扶贫搬迁群众，其中建档立卡贫困户占百分之九十五。要让大家“搬得出、稳得住、能致富”，说起来轻松，干起来并不容易。

搬迁是手段，脱贫才是目的。搬迁群众要实现一步住进新房子、快步过上好日子，不仅需要“扶上马”，还需要多举措再“送一程”。只有这样，才能使“搬得出、稳得住、能致富”不是一句空话。要务实，仅仅有工作激情是远远不够的，必须要有办法、能力和智慧。

数据显示，目前瑞濠移民安置点实现每户至少一人就业，户均两人就业，远高于贵州省平均水平。二〇一九年四月，瑞濠移民安置点被贵州省政府评为“易地扶贫搬迁示范点”。

围绕就医、上学、就业、医保、低保、社保等方面，逐步健全移民生活保障机制。当地实施“单位帮栋、企业帮元、干部帮户”大走访，共同助推“迁企联姻、迁地融合、千人帮扶”大融合。截至目前，已帮助群众解决生产、生活困难三千余个，提供就业岗位四千余个，流转土地一千五百二十七亩。通过劳务输出、自主创业、开发公益性岗位等方式，就业率达到百分之九十点四。

安置点里有两千零五十名老人，由于刚从农村搬进城里，生活差异较大，他们不知道该如何打发时间。根据大家的需求，建起了手工、合唱、广场舞、快板、乐器等十二个兴趣小组，通过开展丰富多彩的活动，帮助他们尽快融入城市生活。依托农民（市民）讲习所，利用电视、微信公众号、广场显示屏，丰富社区群众精神文化生活，让群众归属感、获得感有根有基，让搬迁群众尽快融入社区新生活。现在，群众的获得感正在从"田间地头，锄头背篓"，转变为"唱歌跳舞，幸福生活"。

有笑声的地方，一定会让人流连忘返。不知不觉三个小时过去了，我却感觉意犹未尽。在这里遇到了很多新朋友，我们相谈甚欢，一时要走，还真有些依依不舍。

不舍的新朋友们说："吃了饭再走。"

不舍的我说："吃饱了！精神大餐呀！"

挥手告别的现在，正是下次重逢的开始，我们共同拥有了一段快乐的时光并成了朋友。这样的快乐，必将成为我们共同的记忆，而记忆正是我们回忆美好的源头。有了这样的源头，我相信总有再见的一天。

我很期待，并郑重地重复："再见！再见！！再相见！！！"

离开了瑞濠移民安置点，我的脚步匆匆迈向正安县经济开发区，因为有一个承诺，我必须去兑现。

三

通往正安县的高速公路上，总能看见这样一块广告牌，上面写着：听正安神曲，品正安白茶。

正安白茶声名远播，确实是好茶，我喝过，叶芽嫩白而微黄，汤色晶莹剔透。正安县茶叶种植面积达二十三万七千亩，产值约六亿三千万元，这在遵义市所辖的县当中并不算多。

初看“神曲”，以为是遵义神曲乐器制造有限公司的简称，仔细一琢磨却不尽然。听神曲、品白茶，一听一品都好，可要我说，这听的方面似乎名气更大些。这样的名气，来自吉他兄弟的传奇。这个传奇不是一般的传奇，这个传奇除了有传奇所蕴含的情节离奇、人物不寻常的内容，还拥有壮士断腕的勇气和猛士断喝的霸气。

这不一般的传奇，注定了这个传奇所彰显的勇气、霸气，而勇气和霸气的支撑点是眼光、智慧。

一位壮士要断腕的时候，难道我们看到的仅仅是他的勇气吗？这勇气的后面一定有他审时度势的智慧。

一位猛士断喝一声的时候，难道我们看到的仅仅是他的霸气吗？这霸气的后面一定有他坚韧不拔的信念。

在我看来，壮士之壮，在于敢于亮剑；猛士之猛，在于力可万钧。一个修内，一个炼外，两者皆备，所向无敌。

当然这个世界上原本也没有无敌之人，即便是有那么几个自己宣称或别人看似无敌手的人。其实这样的人，最难战胜的往往是他自己。

我说了这么多，似乎有点刻意拔高吉他兄弟的味道，其实不然。从古至今，在中国这块古老而神奇的大地上，从不缺少孕育精彩传奇的土壤，因此既有荆轲一去不复还的壮举，又有项羽力拔山兮气盖世的勇猛。

老百姓说得好，三百六十行，行行出状元。这些传奇，也是人类社会发展中不可缺失的精彩，而吉他兄弟今天所呈现的精彩，不由得让人感慨它所蕴含的传奇性，令人不得不惊讶，不得不刮目相看。

我还没有见过吉他兄弟，但他们的名字早已如雷贯耳。第一次听到吉他兄弟的故事是在三年前的一次会议上。主持会议的是贵州省委常委、宣传部长慕德贵同志。会议的主要内容是落实贵州省委宣传部"十三五"文艺精品工程项目。

会议上，领导讲了两个故事，一个是家喻户晓的"老干妈"辣椒品牌持有人陶华碧的传奇故事，一个是吉他兄弟回乡创业的传奇故事。并指示说，这是孙志刚同志点的题，要用影视的形式讲好贵州故事。这是我第一次听到吉他兄弟的故事，这故事讲得太鲜活、太传奇了，听来确实是个好题材。可惜我手里有孙志刚同志点题的长篇电视连续剧《伟大的转折》和《花繁叶茂》的创作任务，便与电视剧《吉他兄弟》擦身而过，与吉他兄弟也就失之交臂了。

见到吉他兄弟之一的郑传玖，已是在一年以后的全国人民代表大会上。我和郑传玖都是第十三届全国人大代表,起初却互相不认识,后来中央首长来贵州团参加政府工作报告讨论时,郑传玖发了言,我也发了言,这才让我俩把名字和人对上了。

我们彼此真正意义上认识,是在我们第一次谈话的时候。那次,我们在餐厅不期而遇。

他用一口地道的遵义正安话说:“欧阳老师,当初我希望您来写《吉他兄弟》。”

因为遵义人见人都叫“老师”,我也用遵义正安话说:“郑老师,可惜嘞!错过嘞!”

他说:“您有时间,一定到正安来看看。”

我说:“有机会一定去,一定去。”

这样的承诺,一直没有兑现,今天我到正安县,就一定要见到郑传玖,看看他的吉他厂,听听他的“神曲”。

这三年我们各自都很忙,见面都是在“两会”期间。人们常说一回生、二回熟,这三回嘛,就成老相识了。

我们成了朋友,我也越来越了解他。他说他从来没想过,有一天自己会吃“吉他”这碗饭。小时候除了常见的二胡和手风琴,从未见过别的乐器,何况吉他这种西洋乐器。

他与吉他结缘,完全是一次意外。三哥郑传祥离家去广州打工,却误打误撞进了一家吉他厂。听闻哥哥干得不错,不知吉他为何物的他,顾不得那么多,有心去投奔三哥。既然想了,就要付诸行动。这是有心人的特点,说走就走,他想去广州打工改变自己的命运。

前途不可预知，总会有这样和那样的恐惧感，一个初出茅庐的山里娃一般都会有这种感受。郑传玖是个例外，凡是有这样例外的人，一定具备创造传奇的可能。这样的人，面对陌生的生活不但不会恐慌，反而会亢奋不已。这样的亢奋，无疑将有助于提高人的抗打击能力，在其前行的道路上，无论是荆棘丛生，还是险象环生，没有什么可阻挡他坚定的步伐。

一把吉他的成形靠耐心细致的手艺，哥哥郑传祥喜欢跟手里的活计"较劲"，善于在精雕细琢上下功夫。在这一点上郑传玖做得也不差，短短几年，兄弟俩掌握了做吉他的所有工序。

既然掌握了技术，自己干总比给别人干强，哥儿俩于是辞了职，联系了志同道合的老乡和亲戚，凑了一百二十五万元的股金，租厂房，买设备，召集了十八个股东兼工人，创建了广州神曲乐器厂。

郑传玖回忆起当初的决定，真是有点后怕。一百二十五万元，几乎是他们十八个人全部的家当，一旦失败，过去几年的辛苦就付之东流。原来是老板付工资给他们，他们每天只需琢磨如何打造好一把吉他就行，现在他们自己是老板了，工资、房租、水电等都要自己操心。而如何销售更是大问题，他们原来根本就没想过。郑传玖自己评价当初的创业，说胆子实在太大，实在是无知者无畏。他把这次创业自嘲为没文化才敢这样做。

说完他憨厚地笑了。

我也笑了，很认真、很诚恳地笑了。

胆子大不一定就能梦想成真，胆子小也未必就一事无成。成与不成关键要看支撑这胆子的是什么。

当一个人面临重重困难，还能从容应对，这是一种顽强的表现，而这样的顽强，是阻止胆怯的最好支撑。郑传玖就是顽强的人。

当时郑传玖面对的问题太多。二〇〇七年七月刚开工，合伙人竟然都傻乎乎地面面相觑，造什么样的吉他？顾客需要什么样的吉他？品牌是什么？客户又在哪里？

大家又一次战胜了胆怯，不管怎样先得干起来，先做些常规的样品出来，客户来了没有货是绝对不行的。

一个月后，好不容易接到第一份订单，整整两百把吉他。大家喜不自禁，以为有救了。不想顾客验收时，这不满意，那也不行，挑挑选选购买数量还不到订单的一半。第一感觉是遇上不靠谱的客户了，可他们自我安慰，第一次大规模生产经验不足，不能保证这批货质量完全没有问题。

他们还是胆子大，一把火把不合格产品烧掉了。兄弟俩把不合格的吉他堆在厂中心，当着全厂工人的面烧，吉他在火焰中噼里啪啦地响，火光闪耀灼眼灼心，伤心是难免的。但只要昂起的头不低下，那么从头再来，有何不可？

二〇〇八年，他们接到了一家美国吉他厂一万把吉他的代工大单。郑传玖心想，这回翻身了，必须大干一场。可一场金融危机粉碎了他的梦想。美国吉他厂的倒闭，导致兄弟俩的吉他成品只能压在仓库。这是郑传玖兄弟遇到的最大的危机，工人要吃饭，厂房要交租，钱没有着落。

怎么办?兄弟俩只好变成零售商,先是寻找需要吉他的朋友,再找朋友托关系,一把、十把、百把地零星出售,能卖多少卖多少。他们知道,自己难,别人也难,就看谁能坚持住,挺过眼前的难关就有希望。

幸运之门永远会对那些不遗余力、向着希望勇敢前进的人敞开。一场在上海举行的大型乐器展,改变了兄弟俩的困境。

“没想到,中国工厂竟能做出这么棒的吉他!”在众商云集的展会上,“塔吉玛”的品牌代表由衷赞叹。

这位代表当即下单订两千把吉他。这样的机会对郑传玖兄弟而言可谓雪中送炭。咬牙坚持这么久了,等的就是这一天。这两千把是个开头,“塔吉玛”后续的加单源源不断,佐证了郑传玖兄弟的“神曲”吉他厂的质量是经得起市场考验的。

不久,美国吉他大牌“芬达”也主动寻求合作。国际大单一笔接着一笔到来,“神曲”之名也在全球业界口耳相传。

如果把郑传玖兄弟的成功仅仅归结为胆子大,或者说是运气好,这就低看他们了。

郑传玖当然清楚自己的情况,他明白成功之路有千万条,他的不二法门是做一名好人、有智慧的人。

郑传玖自嘲“没文化”,在别人眼里这可能就是“憨”,这“憨”不是愚蠢的意思,是憨厚实在。这是好人的品质,也是郑传玖的智慧。郑传玖靠着这“憨”做好了吉他系列产品,赢得了行业的赞誉。有了质量,有了口碑,就有了一切可能。这些可能,已经在郑传玖兄弟的传奇创业历程中得到精彩呈现。

郑传玖可谓吉他行业里的壮士和猛士。壮士是好人的典范，猛士是魔鬼的噩梦。

郑传玖回乡创业这件事，在我眼里无疑就是壮士断腕。也许有人不同意我的看法，不就是回乡创业嘛，壮士断腕夸张了吧？

可我坚持我的这个看法。你想想，这“神曲”吉他厂从沿海大城市广州搬到深山里的正安县，“神曲”有可能变成“山曲”，你信不信？

是的，我们看到很多成功人士回报家乡的事迹。当年共青团贵州省委发起了“春晖行动”，许多感人的故事在今天仍然令人热血沸腾。

“慈母手中线，游子身上衣。临行密密缝，意恐迟迟归。谁言寸草心，报得三春晖。”我始终相信，离乡久远的人，或是年过半百的人，但凡读到、听到这首诗，无不动容。那么，回乡一定是他们美好的夙愿。于是在“春晖行动”的号召下，有人回乡捐款捐物，有人想方设法回乡创业。

一位成功人士的商业决策，一定不会草率，草率的人也不会成功。有了这夙愿，就会想方设法实现。我们可以从这想方设法里，看到善良的诚意和良好的愿望。可仅仅有这些是远远不够的，有的人想方设法回乡创业，是因为他所从事的行业在家乡有可为之处。要帮扶他人，自己得先站稳了。

显然“神曲”变“山曲”，对郑传玖而言是不可想象的。

他之所以答复寻上门来的正安县县长“考虑、考虑”，其实就是有所担忧。

家乡的领导来找，兄弟俩当然很开心。心想，县长来了嘛！这面子得给，家乡贫困，多捐点钱，也没什么问题。毕竟“神曲”在家乡名气不小，这几年也没少挣钱，回报家乡也是应该的。

县长诚恳地说：“正安县是省内经济状况倒数的贫困县之一，你们是正安县人，都清楚的。现在县领导班子刚换完届，大家都感觉担子重，想搞出点亮色来。这调研下来一看，正安县二十多万外出务工人员，有五万多人专做吉他。其中做了老板、自己有厂的，挑来选去，最好的只有你们。我们商量好了，想请你们把厂搬到正安县。”

搬回正安县生产吉他，这想法吓了郑传玖一大跳。搬厂，这可是动命根子的事，正安？广州？谁来选择，答案都会是一样的。广州已形成了一套完整的吉他生产体系，离开，不仅是冒险，而且还有可能倒退。

但一个人只要锲而不舍，几乎没有干不成的事，郑传玖也是这样的。他深知搬到正安，要付出代价。厂是搬回正安县了，可用的进口木材还得从广州进，成品也要运到广州，无疑大大增加了成本。机器设备的维修、零件配件的更换，如在广州一个电话当天搞定。这在正安县就太难了，他饱尝叫天不应、叫地不灵的痛苦。

更痛苦的还在后面，产品出来了，质检抽查发现问题。收货人不干了，以前免检待遇就此取消。对于一家企业来说，这不几乎要了命吗？

当有人问他“这些吉他废品怎么处理”时，他犹如猛士，一声断喝：“烧掉！”

一把火全烧了。郑传玖就是有这样的狠劲。这一回,火焰灼伤了乡亲们的眼睛,他们都内疚地低下了头。

郑传玖要的就是这个效果,他知道,只要他还昂首挺胸,他相信眼前的乡亲们,一定有在哪里跌跤就从哪里爬起来的信心。

没有教不好的徒弟,只有孬的师傅。于是公司老总郑传玖亲自培训工人,白天黑夜争分夺秒。

其实,他本可以避免处于这样的困境,可是,回乡办厂不在家乡招工,那回来的意义就大打折扣了。他想到了会有困难,但没想到会这么难。

后来有一天,他步伐矫健地向我走来,他身材并不高大,却相当魁梧雄壮。我好奇地问他:"你那时就没有想到,你可能会失败吗?"

他憨厚地一笑,说:"幸亏我早有安排,要不真有点撑不住了。我先带了一条生产线回正安县,我哥的另一条生产线留在广州,以防万一。我这边最困难的时候,是我哥支撑起了公司,为我争取了时间。"

两年的时间,郑传玖不但站住了脚,经营状况也很好。这样,"神曲"在广州就仅保留进出口的经营功能,依旧由哥哥郑传祥负责。生产部分,全部搬到正安县。

郑传玖说:"当初下决心回乡,除了县里的真诚让人心动,主要还是贵州正安经济开发区的远景规划和招商政策吸引了我。当时,'神曲'生产的吉他属于两头在外,一头是原材料全部进口,另一头是成品全部出口。当时的正安县没有生产原料,成品远途运输也大大增加了成本，更谈不上配套产业，高速公路未通，说实话这样的条件，办吉他厂毫无优势。但我想，等这些条件都具备了，再来也许就晚了。有政府的大力支持、土地成本低廉、劳动力充足等优势，从长远看，回家乡发展更有利。”

事实证明郑传玖的判断是正确的，他深知县委、县政府对“神曲”的看重。因为他们做的事业，连同这个产业，能给正安县的脱贫攻坚注入有力的力量，也能给贫困群众带来就业机会和致富的希望。

郑传玖谦虚地说：“我就是一棵小草。”

我说：“现在凭借春风吹满了山谷。”

他说：“那我们就做一片绿地。”

他说得没错，“神曲”已绿遍山乡，在文化产业之路上走出了自己的特点，成了大娄山山脉深处一张亮丽的名片。

目前，“神曲” 在中低端吉他的制作和销售领域可谓如鱼得水。冲击高端市场，是“神曲”的奋斗目标。设备进一步升级，制作更加精良，选材更加考究。邀请制琴大师加盟手工琴工作室，进口印度玫瑰木、洪都拉斯桃花木等举措，都是为了“神曲”的全面升级。在宽敞的新厂房里，我们看到精准的温湿度控制车间、自动喷漆车间，流水线上有自动化的激光开料，长达数月的手工上漆，无不展现着“神曲”的蒸蒸日上。

“听正安神曲，品正安白茶”，这朴素的广告语透露出的是一种强烈的自信。听曲品茶，这是优雅的中华传统文化。

贵州正安经济开发区的扶植政策好，政府说话算话。许多吉他企业了解到郑家兄弟的成功之道，又眼见“神曲”财源滚滚，这才放下心来，纷纷入驻正安。企业越多，规模效应越强；规模效应越强，越吸引企业入驻。良好的发展态势正在大娄山山脉深处精彩上演！

贵州正安经济开发区于二〇一二年十二月被省人民政府批准为省级经济开发区，规划面积十七平方公里，已建成标准厂房近七十万平方米。入驻企业一百零八家，而吉他生产及配套的企业占了七十二家，其中吉他制造四十家、吉他销售十五家、吉他物流十家、吉他培训七家。

显然，这是一个以吉他产业为主的特色产业园，现年产销吉他六百余万把，产销量占全国五分之一、全球七分之一，是目前全国乃至全球最集聚、最规范、最大的生产基地，获得了“中国吉他制造之乡”的称号。

我从与县长吴起的交谈中了解到，郑氏兄弟的广州神曲乐器公司是第一家入驻正安园区的企业。他感慨地说：“这真是‘从无到有’啊！我们县是远近闻名的深度贫困县，是属于‘一方水土养不起一方人’的边远山区。我们正安县有五万多人在外地从事吉他生产，这样的人才资源上哪儿找？县委、县政府自始至终盯准这一资源，毫不迟疑、及时跟进，打‘乡情’牌，重点突破，主动劝导‘凤还巢’‘雁回归’，正所谓‘神曲引来金凤凰，党政跟进成园区’。从无到有，吉他制造产业在这块热情的土地上创造了一个又一个奇迹。”

正安县委、县人民政府深入贯彻落实时任贵州省委书记的孙志刚同志的指示精神，"把正安吉他打造成为多彩贵州的又一张亮丽名片"，深入贯彻落实市委魏树旺书记"把正安吉他做大做强，成为实体经济的一道亮丽风景"的指示精神，按照县委"一心三区"规划布局，以打造千亿级工业开发区为目标，以脱贫攻坚为总揽，以党的建设为引领，严格按照强建设、重招商、严管理、优服务的工作思路，强力推动园区建设，园区发展已初见成效，产值近六十亿元。经过多年招商引资，集聚了神曲乐器公司、钰丰乐器公司、贝加尔乐器公司、凯丰乐器公司、娜塔莎乐器公司等多家优质企业，实现了"从无到有""有中做优""优中到强"的跨越提升，带动就业近一万四千人，解决贫困人口就业一千三百七十四人，带动六千六百九十人稳定脱贫。

园区生产的吉他百分之六十用于出口，绝大多数企业都涉及外贸销售，主要销往美国、德国、巴西、日本、英国等三十多个国家和地区，占亚洲市场的百分之二十，美国市场的百分之三十，巴西市场的百分之四十。除了为国际大牌代工，还有三十多个自主品牌。"国际吉他产业园"一天天热闹起来，正安的经济数据也一天天好起来。正安吉他荣获国家轻工业部颁发的"2019年度乐器行业优质资源奖"和贵州省文化体制改革和发展工作领导小组办公室颁发的"贵州省文化产业十佳品牌"称号。

在这里到处都可见到"吉他"元素，吉他文化广场中央引人瞩目的巨大吉他雕塑，已然成为正安县的一个标志。据邓兆桃书记介绍，这里将建成世界上最大的吉他博物馆、最高端的吉他演奏厅、最好的吉他大师工作室和最完善的吉他配套生产线。未来，正安县将按照吉他工业、吉他文化、吉他旅游“三位一体”发展思路，将吉他产业全力以赴做大做强、做优做精。

晚上十点，与几个文友品茶聊天，聊正安县当年的大街小巷，聊今天正安县的新貌，从他们的眼神和笑靥中，我体会到了那一份喜悦和自豪。他们问我对正安的感受，我的一句“旧貌换新颜”，让在场的所有人都感慨万千。

白茶的清香沁人肺腑，我们的相谈便有了一股乡愁的味道，这味道如陈年老酒飘溢出来的醇香。

在似睡似醒中，我走进了正安的小巷，这时，一首久远的老歌婉转悠扬地在我耳畔回响起来：

故乡的小巷深又长，
青石板上木屐响。
听完古老的故事，
去找花仙子。
星光里，我的初恋，
我的初恋染着茉莉香。
哎……哎……
今晚我来寻小巷，
小巷却不知在何方。
花仙子住在高楼里，
歌唱我起飞的故乡……

四

屹立在山之巅，晨曦柔润的光芒乘风而来，刹那间，天空湛蓝无瑕，眼前莲花般的云朵盛开。我不由得心花怒放，向着远山呐喊，远山回荡起的一阵阵嘹亮之声与我应和。

早晨推开窗户，山峦连绵，碧树葱郁，芳草茂密，鲜花摇曳，疑似天上人间。昨天晚归，竟然不知道，我住在这样美好的地方。

年轻的时候，我曾是一名地质队员，在野外跋山涉水八年。在山水之间流连，是我放松自己的最佳方式。年过半百之后，常沉湎于回忆之中，这些年只要夜里有梦，梦中不是在爬山就是在过河。醒来，仿佛又年轻起来，心情也愉悦起来。有了这样的心情，当然要去行走一番，刚出酒店大门，就遇见了县文联的工作人员。

工作人员说，邓兆桃书记昨晚已连夜赶赴道真县，在那儿开脱贫攻坚现场观摩会，她委托吴起县长陪您吃早餐。吴起县长匆匆地来，匆匆地走。二十分钟的早餐时间里，我们见缝插针地交流着内心的想法。他说他一会儿还要急着赶往省城贵阳开会，问我还想去哪里看看。

我说："哪里最偏、最远、最难走？"

他说："桴焉镇的红岩村花开千年。"

我一听，兴趣来了，不仅因为偏远难走，还在于顺耳的地名。我说，好一个花开千年，我想去看看它怎么就花开千年了。

离开县城，我习惯性地看了一下时间，五月七日上午八点整。

车速非常快，眼前的公路宽敞而平整，看得出这是一条新路。虽然大山里解决不了弯道多、坡度大的问题，但以我常下乡的经验来看，这样的“康庄大道”确实少见。

也许因为曾是地质队员，进了大山我就很高兴。我对同车的刘晓峰说：“奇怪了，叫‘敷衍’镇，咋不叫‘了事’镇呢？”

大家笑了起来，都说这地名听起来太别扭。当时我们不知“桴焉”和“敷衍”的区别。乍一听“桴焉”镇，没有来过，或者未经解读，再或者没看见公路上醒目的“桴焉镇”指示牌，谁都会往“敷衍”上想。在贵州话里“桴焉”和“敷衍”是一个音调。

后来，我查《辞海》，“桴”和“焉”这两个字，一般情况下不为词组。“桴”多指小筏子或房屋大梁上的小梁；“焉”多为语气词，多用于反问句。如果这两个字非要组合在一起，按谐音往“敷衍”上去想也就不足为怪了。无疑这“桴焉”就是桴焉镇的专用名词。

后来，到了桴焉镇，陪同的人员说：“要不先进镇里看看去？”我开玩笑地说：“算了，就别‘敷衍’了。我们先往山里走，先看最远的地方。”

车一进入九道水国家森林公园，就开始盘山而上，起初我并没有意识到这山有多高，一路上大雾蒙蒙，能见度很低，只感到车不断地盘旋转弯，一会儿左一会儿右地几乎让人坐不稳。驾驶员小王有点与前车落下了距离，同车的刘晓峰指着前面的车说：“他们天天下乡，习惯了，幸亏雾大，看不见悬崖峭壁，要不吓人得很。”我知道，他担心小王不熟悉这样险峻的山道。小王跟我下乡十年有余，我们一起走过的险路太多了。

车行驶了快一个小时了，还未驶出阔叶林带，说明山体巨大，以我搞过地质工作的经验来看，今天遇见高海拔的大山了。赶紧打听，才知道这山的主峰叫黄砂岩，海拔约一千八百三十八米，是大娄山山脉的最高峰，也属于自然保护区，总面积三万二千四百四十八公顷，森林覆盖率百分之七十八点八，是大娄山山脉的主体部分。

大娄山山脉的最高峰，也就是遵义市辖区里最高的地方了。听了介绍，我很高兴，无意中到了这块土地的制高点，岂不快哉！我又是个见了高山就想翻越的人，虽然在贵州，山的背后还是山，但这也不能阻挡我翻山越岭的热情。

了解到正安县最低处为海拔四百四十八米，那与这最高处海拔相差达一千四百米左右，这里山高坡陡、峻峭雄伟。

贵州没有平原，山多是这里最为显著的特征，它东有神奇峻峭的武陵山山脉，南有秀丽多姿的苗岭，西有磅礴壮丽的乌蒙山山脉，北有巍峨挺拔的大娄山山脉，这些山脉托起了云贵高原东部的贵州部分。贵州多为典型的喀斯特地貌，这种地貌的特点是极度美丽，但也极为贫瘠。这也是贵州被称为全国脱贫攻坚的主战场的原因。

以前，凡是贵州人都知道一句黔地谚语："纳威赫去不得，务正道吓一跳。"这里指的就是乌蒙山片区的纳雍县、威宁县、赫章县和武陵山片区的务川县、正安县、道真县。

一目了然，这六个县都是国家级深度贫困县，正安县位列其中。如今，正安县脱贫了，彻底甩掉了绝对贫困的帽子。今天，我就要去实地进行采访。我的目的地就在前方，虽然道路崎岖、山高路远，但又有何惧哉！

车慢慢爬上云端，视线豁然开朗，眼前是茅草丛生的山道，抬眼是雄伟的山之巅——黄砂岩。蔚蓝的天空碧玺般纯净，在这蔚蓝的天空映衬下，高高耸立的大山显得雄浑而庄严。

在这样的高度，见得最多的植物就是茅草了，还好，在其间穿行并不影响我们的视线。俯瞰，不见茂密的森林，云雾笼罩着山谷；远望，白云像大海一样无边无际，那一座座连绵不断的群山，像永不沉没的船队。这样的景象，人一生能目睹几回？于我而言，每经历一次，我都会再次年轻一回，充满活力。此时，我心潮澎湃。我们在这云海之间，仿佛正在体验"乘长风破万里浪"的豪情壮志。

记得伟大领袖毛泽东主席曾对青年人这样说："世界是你们的，也是我们的，但是归根结底是你们的。你们青年人朝气蓬勃，正在兴旺时期，好像早晨八、九点钟的太阳。希望寄托在你们身上。"

毛泽东主席的这句话，曾激励无数的青年人，怀揣着崇高的理想大步向前，任凭风吹浪打毫不动摇，无所畏惧。向前、向前，在这支勇往直前、人头攒动的队伍里有一位叫习近平的青年，他就是当今人民群众爱戴的人民领袖。他挑起了中华民族伟大复兴的重担，以世界的眼光关注全球命运，为世界贡献中国智慧，体现大国担当。

今天，习近平总书记亲自指挥了这场人类历史上最伟大的工程——脱贫攻坚战。青年人没有怯战，依然走在时代的潮头。自精准扶贫实施以来，在如火如荼的脱贫攻坚一线，青年党员干部就是冲锋在前的排头兵、主力军。

如果说贵州是全国脱贫攻坚的主战场，那么乌蒙山片区、武陵山片区就是贵州脱贫攻坚的主战场，像“纳威赫去不得，务正道吓一跳”这样的深度贫困县，更是主战场中的主攻方向，而桴焉镇红岩村花开村民组便是主攻方向的最后一个村民组。

习近平总书记强调：“今年是决战决胜脱贫攻坚和全面建成小康社会的收官之年，要千方百计巩固好脱贫攻坚成果。”贵州省委、省人民政府要求全省上下必须坚持目标不变、靶心不散、频道不换，一刻不能停、一步不能错、一天不能耽误，不获全胜决不收兵！要扎实做好脱贫攻坚普查，抓牢抓实挂牌督战。做好教育、医疗、住房和饮水安全保障查漏补缺工作，保持问题动态清零。进一步完善返贫监测预警和动态帮扶机制，持续巩固脱贫成果，确保全面脱贫不漏一人、不漏一户！

今天，我们将要采访的就是这个村民组。

刘晓峰的电话响了，接听中他转述说：“前方有个村叫桃子坪，有个青泉搬迁安置点。”我说：“去看看。”

桃子坪村地处桴焉镇西北部，平均海拔一千一百米，面积约二十八平方公里，耕地面积四千五百二十亩，森林覆盖率百分之六十三点四，全村辖二十三个村民组七百八十户三千三百三十一人。二〇一四年以来，全村建档立卡贫困户两百五十六户一千零八十二人，贫困发生率高达百分之三十二点五九。二〇一四年脱贫三十五户一百五十五人；二〇一五年脱贫四十一户二百零二人；二〇一六年脱贫五十三户二百五十七人；二〇一七年脱贫二十三户九十七人；二〇一八年脱贫四十一户一百三十九人；二〇一九年脱贫六十四户二百三十二人。其中搬迁至瑞濠安置点、桴焉安置点一百四十六户七百一十五人，目前全村建档立卡贫困户一百五十六户五百八十一人，现行标准下已全部脱贫，达到贫困村出列标准。

目前，全村基础设施完善，保障了群众生活质量。原来有一百四十户饮水安全有问题，通过修建四口水池，问题得到彻底解决。水泥电线杆取代木电线杆，增设变电器四处，使一百四十七户排除了电压低、电压不稳的情况，符合用电安全标准。公路从无到有，从无一条硬化路到现在的组组通硬化公路，共约三十一公里；进寨路、连户路硬化约九公里。新建基站一个，解决了之前的七个村民组无网络的问题，现已达到网络全覆盖。村里原有老旧房屋七百二十六间，通过易地搬迁拆旧、增减挂钩、重建等方式，全面消除老旧房，全村达到入住标准。全村处于义务教育阶段的学生三百二十一人，无一例辍学，其中一名送教上门的“三残”儿童，教育资助实现全覆盖。全村贫困户一千零八十二人实现百分之百新型农村合作医疗保障全覆盖。二〇一四年人均年收入两千九百六十八元，通过劳动力转移、就近务工、公益性岗位安置、产业发展等方式，到目前提高至八千一百二十八元。

一下车，我们的眼前一亮，在这大山深处还有这样的世外桃源！走在青泉安置点的中心小广场上，看着周围三层的小楼房，我想，我要有一幢这样的房子该多好呀！我会在这里写作，与村民们共同生活，融入他们、熟悉他们，成邻居、成朋友，再写一部关于他们的长篇小说。自从我在陕西皇甫村参观了柳青生活过十四年的故居后，就一直幻想有一天我也能像柳青一样，长期深入生活，扎根人民，创作出一部《创业史》那样的经典长篇小说。有了这种想法，只要见到美好村庄，我就在心里想这事，可想归想，真的要做起来，就有点天方夜谭了。

村民吴忠友家的位置视线很好，坐在他家门口的板凳上，村里几十幢小楼一览无余。党和政府不惜一切代价，把他们从危房中搬迁到这里，就是要改变他们的生活，彻底与贫困告别。“感谢共产党！”“辛苦了共产党，幸福了老百姓！”这些在我走村过寨时不绝于耳的肺腑之言，此时就在我耳畔回响。这足以说明中国共产党始终把人民利益放在第一位的执政理念深入人心、温暖人心。从老百姓的获得感和幸福感以及扬起的笑脸中，我的心灵得到净化，灵魂得到升华。

桃子坪村的第一书记介绍说：“青泉安置点起建于二〇一八年五月，二〇一九年全面完工，安置农户三十四户一百三十六人，其中贫困户五户十二人。现已全面入住，配套基础设施建设全面完成……”

我打断他的话问：“县城里的瑞濠移民安置点那么好，为什么还要在这里搞安置点呢？”

我问这句话是有深意的，若非胸有成竹的人很难回答这样的问题。既然要搬迁，谁不往条件好的地方搬？瑞濠移民安置点的规模，比乡镇都大，各种惠民政策不胜枚举。为什么要在这大山深处搞规模不大的安置点？没有离开这里，这样的就近搬迁是否能达成真正脱贫的目标，彻底改变他们的贫困呢？

当然，问题刁钻，不等于气氛紧张。我们一行人坐在村民吴忠友家。来了几位邻居，大家抽烟的抽烟，喝茶的喝茶，不紧不慢，随意拉起家常，都很放松。我们就是过路讨碗水喝的客人，而主人们也很热情，留我们歇口气。大家其乐融融。

第一书记说："不是所有的人都想由农民变市民，有的人有故土难离的思想，有的人是根本不习惯城镇的生活。我们做了大量的劝导工作，嘴皮都磨破了，也没用。"

我说："这个问题在其他地方也普遍存在。"

桴焉镇的负责人说："是的，这种情况不能强干，我们就因地制宜，实在不愿离开的，我们就近安置。危房不能住的，有地质灾害隐患的，我们必须耐心劝导，不达目的绝不罢休，群众的安全必须有保障。"

刚才一坐下，相互简单介绍，人有点多，几位村民的名字和模样我是牢牢地记住了，镇领导我一时还真没对上号。这也是我的缺点，基层干部在脱贫攻坚中的付出实在是太多太大，感人的故事也层出不穷。可是，在服务者和服务对象之中，我更容易记住后者，因为后者是哭还是笑才是服务好或是坏的关键。有一句这样的歌词，一唱起来，就让人怦然心动："我不知道你是谁，我却知道你为了谁……"正是这样千千万万的共产党人，他们在脱贫攻坚一线默默地奉献着，干出来的却是举世瞩目的伟大工程。

眼前这个人是镇领导，不知道是书记还是镇长。再问人家是书记还是镇长有点尴尬，因为那时我们话题都在脱贫攻坚上。为了活跃气氛，我幽默了一下。

我说："敷衍了事。敷衍要被问责，了事要能了好才行呀！这脱贫攻坚的事，要是了不了，你们脱不了手。这问起责来，严厉得很哟。"

大家都笑了起来，我又问了"桴焉"的来历，大家你一句我一句，我才知道这名称来自一种叫五倍子的植物，五倍子的果实是一种常见的中药材。在这大山里，到处生长着这种树，而老祖辈都叫这种树为"桴焉树"，叫的人多了，时间长了，桴焉就成镇名了。

我说："言归正传。刚才的事，还没讲完！"

第一书记说："有的群众比较固执，我们一年之中去他们家的次数都数不清了。"

我说："咋个搞定的？"

他说："动之以情，晓之以理。"

我说："这个是当然的，但即便这样也搞不定。"

他笑着说："是搞不定。"

我也笑着说："说说你咋搞定的。"

他不好意思地说："我就天天去他家，结果他不好意思了，说你这娃娃大老远的，来帮扶我们也不容易，我知道，我不脱贫，你们是脱不了手的。行，你别再来了，我搬！我搬！"

我学着老乡的口吻对年轻的第一书记说："你这娃娃有水平，

搞不过你，服了你还不行呀！”

在座的哄地都笑了。

我递了一支烟给吴忠友，给他点燃后说：“那边是谁家？”

吴忠友一手吸烟一手指着一幢楼说：“今天他不在家，干活路去了。”

我说：“干什么活路？”

吴忠友说：“他们家种了中药材白芨，清草去了。这时节，白芨长得好！草也长得快，不拔草不行。”

我说：“你家没种？”

他说：“我在外省打工，今年没出去，我们几兄弟轮流在家照顾八十岁的老父亲。”

我说：“你是孝子呀！那你不出去打工，收入从哪儿来呀？”我又扭头对着第一书记问：“这影响人均收入的硬坎坎吗？”

第一书记自信地说：“不影响。我们村都达到退出贫困标准，很多人家远远超过退出标准。”

这时，吴忠友八十岁的老父亲提了一坛蜂蜜出来，请大家每人吃一碗。

我一听吓了一大跳，有请喝蜂蜜水的，请人吃一碗蜂蜜，这些年还是第一次遇见。这喝与吃，区别实在太大。没经历过的人，不知其中的利害之处。记忆中，我在三十三年前曾吃过一碗蜂蜜。那是一九八七年，我在武陵山脉的主峰梵净山一带搞地质勘探工作，那山比这里的山还高大，有一次在深山里遇见一位养蜂人，他很热情地非要我们一行三人吃一碗蜂蜜，说实话，那时候我们又饥又渴，当然毫不客气、狼吞虎咽地吃了一碗，结果这一碗甜了我们三天，三天都不感觉饥饿，真是甜到心里头去了。

有了这样的经历，我便把头摇得像拨浪鼓，说："老人家谢谢！谢谢！"

吴忠友说："老师！整一点嘛，这蜂蜜甜得很，养人哩！"

第一书记说："这蜂采的都是中草药的花蜜，老百姓称之为'药蜂蜜'，真养人！整一点，尝尝，也给我们宣传一下。"

我说："好好！一碗是整不下去的，这蜜一匙整下去，甜一天哩！好！就甜它一天。"

吴忠友说："我养蜜蜂，还种方竹，收入也不少。"

我咽下一口蜂蜜，说："不少是多少？"

村民姬安余说："不比打工挣得少。你信不？"

我笑了起来说："我信，你姬姓可是黄帝姓，周朝国姓，姓姬的话不会假。"

姬安余咧嘴笑了，说："我们这里大多姓姬。只有几家姓吴。"

我说："全国姓吴的比姓姬的多，这里姓姬的可比姓吴的多，你们姓姬的没有以多欺少吧？"

听了我的玩笑话，大家都笑了，姬安余和吴忠友笑得更开心了。都说他们几辈人生活在这座山上，从没听说过谁家和谁家结仇了。

快乐的时光总是令人难忘，我不敢肯定我们是否还有再次见面的机会，毕竟到这样深远的大山里来，是一件非常不容易的事情。今天，我们只是路过这里，可是，在人生当中，有许多美丽的偶遇总是让人难以忘怀。

别了，这个曾让我心动并想居住下来的地方，它的名字叫青泉。这里纯朴而善良的人们，以及我们在一起快乐的笑声，将永远珍藏在我的记忆里。

红岩村有多大，说起来令人惊讶！它的面积约二十九平方公里。后来，我见到红岩村支书郑兴涛时，很同情地问他："你有三十三个村民组一千零四十一户人家四千四百零一人，零星散落在约二十九平方公里的大山深处，要把每个村民组走完，没有十天半月的，你做不到吧？"

像我这样有着八年野外找矿勘探生涯的地质队员，对这样的大山再熟悉不过了。我第一眼看见郑兴涛，就已经把他列入了脚力强、耐力好的那种人之列，这样的人就像年轻的地质队员一样，跋山涉水、日晒雨淋，根本不在话下。我曾经是年轻的地质队员，他是当今脱贫攻坚一线的年轻干部，我们这种常年与大山为伍的人，对于行走的估测几乎不会有误差。

他听了我的问话，不假思索地说："是要这么长时间。"

我说："还要有你这样脚力的人。"

他说："是的，一般人做不到。"

我说："扶贫干部，就不是一般的人。"

我没有告诉他，我曾经是地质队员。在他不知我曾经是地质队员的情况下，听了我这种一上来就区别于一般作家的问话，他在心里一定很惊讶，这位作家不一般。

我要的就是这个效果，我就是想用这种方式表明，我是一个比较较真的人。从我们的对话中,我以惺惺相惜的口吻表达了我对他的认同。这样,我相信,我们将建立起真实可靠的互信。

据他介绍,红岩村虽然有约二十九平方公里的面积,耕地面积却只有六千三百六十八亩。人多地少,山大沟深,交通长期落后,导致贫困人口较多。有贫困户四百零八户一千七百一十六人,因此被评定为深度贫困村。二〇一四年前,全村三十三个组只有硬化路两条共三公里,其余公路全为毛路及人行路。交通条件限制,导致进出物资运输困难,全村住房除村所在地有砖混房屋,其余全部是木架房屋,漏风漏雨严重。因地域偏远,无论是教育还是医疗都难以得到保障。

现在村里原有的老旧房屋八百六十七间,通过易地扶贫搬迁、增减挂钩、人居改造、拆除重建等方式,拆除五百三十八间,改建三百二十九间,现已无老旧危房;通过十三个饮水工程建设,最后的三十六户饮水无保障户也吃上了安全水,目前已实现饮水安全全覆盖;现已实施公路硬化十九条六十多公里,除大湾组整组搬迁外,其余三十二个组硬化路已全覆盖;之前存在木电线杆和电压低的情况,现已新增变压器五台,更换木电线杆八十七根,实现了电力保障全覆盖;全村义务教育阶段学生一百八十三名,无一例辍学,教育资助已实现全覆盖;全村贫困人口参加新型农村合作医疗保障达到百分之百全覆盖,对建档立卡贫困户中患慢性特种疾病人员一百零二人全面落实家庭医生签约服务,确保所有贫困户、慢性特种疾病对象健康扶贫政策落实全覆盖;二〇一四年人均收入在贫困线以下,现通过劳动力转移、就近务工、产业发展、提供公益性岗位等方式，二〇一九年人均收入七千八百二十元，达到退出贫困标准。

红岩村是桴焉镇最边远的村，而我此时要去的花开组、千年组、大淌组，又是红岩村最边远的三个村民组。

车在山道上行走，速度只能在每小时二十公里左右，路面虽是硬化过的，却很狭窄，有些路段比车宽不了多少，稍不注意就会掉下深谷，非粉身碎骨不可。

我们的车在这起伏的群山之中，像飘荡在大海中的一片树叶，起起伏伏，上上下下，左弯右拐。窗外苍山如海，白云缭绕其间，好一幅江山如此多娇的人间胜景。

车行驶到了一条巨大的山脊，显然这是一段山系的分水岭。往右看一览众山小，一条大峡谷就在脚下；往左看群山连绵，沟壑纵横。

这山脊之美，用雄浑、壮丽仍然说不尽它的美丽。在这动人心魄的时刻，有两种感受交织在一起：一种是万分的遗憾纠结于心，这个遗憾源于眼前这条公路，它像一道划痕，刻在了山的肌肤上；一种是由衷的敬佩释然于胸，这个敬佩也源于眼前这条公路，它像一条天路，把党的温暖送进了大山。

据介绍，山脊的中线就是县界，右面属桐梓县，左面属正安县。天气好的时候，站在山脊上，能远远地看见娄山关主峰。今天是少见的晴朗天气，有人建议下车眺望一下。我说算了，因为我曾无数次站在娄山关的主峰上。

眼看车就要翻过前方那个山头，我们就会驶出山脊，不承想突然向左拐下一个急弯，花开组已经在眼前。

这次，我没有立刻走进老乡家，而是站在一个小平台上观察地形地貌。原来花开组就背靠大山脊，往下是大峡谷。这样的地方，美丽是其特征，贫困是其特点。在贵州各地采访，我常常看到这样的小村寨，有的十余户，多的几十户，人口百人左右。

太阳很温暖，大家就站着聊聊天。

据郑兴涛支书介绍："花开组有村民五十八户二百六十九人，其中贫困户二十户八十八人。脱贫攻坚前，花开组交通闭塞，人们的出行仅有一条崎岖的泥泞山道，导致村民们生产、生活极度困难，看病就医很不方便。由于长期处于封闭状态，大多数人只能居住在漏风漏雨较为严重的老旧木房里，现在通过易地扶贫搬迁了十四户、拆除重建十六户、人居改造九户、增减挂钩拆除十九户，现住房保障已全覆盖。原来人畜饮水靠一口古井供应，遇上干旱，饮水就成了大问题，必须到峡谷里取水，一下一上要半天。针对这种情况，我们修建了一口水池，保障村民旱季也能吃上安全水。这条公路才通了三个多月，以前要来这儿得靠步行。"

举目望去，花开组背靠的大山奇峰兀立。我问花开村民组组长黄承江老人："这山叫啥子名字？"老人说："五台山。"

我说："五台山！刚才我们是从五台山的背脊上来的呀！山西的五台山我去过，我们花开组的五台山可比那五台山漂亮多了。"

大家都开心地笑了。这笑甚至感染到了对面山上的一个人，他朝我们这边打着招呼。

我对黄承江老人说："我想见见这人，行吗？"黄承江老人毫不犹豫地对着那个人又是招手,又是吆喝。

那个人也毫不犹豫,飞快地向我们走来。从他的脚力来看,到达我们这里最少得四十分钟吧！这算快的了,我即便是回到当年的水平,也就这样了。要是以我现在的脚力走过去,至少要八十分钟。这也是我想见他而又力不从心,只好请他过来的原因。在贵州的大山里,经常出现这样的情景:一人对着另一人喊话:“过来喝一杯！”另一人回答:“要得！”他俩要喝上这酒,快的得一小时,慢的得两小时。这两人还得是一个村民组的,是从小一起长大的好朋友,否则吃啥子饭喝啥子酒嘛！在别人家是吃饱了、喝够了,等你好不容易走回家中又该饿了。有人说,既然这样,干吗去呢？在这大山里,没有比这样的邀请和相聚更令他们高兴的了,这就是他们的快乐和幸福。

在这样沟壑纵横、山高路陡的山区,别以为看起来近听得见喊声就觉得近,无论你的脚力有多强,要穿过这沟沟坎坎,还是快不了。

既然时间充裕,那么我们可以多聊聊。花开组显然不是地名,只是一个行政村对其所管辖的各村民组的称谓。黄承江老人说,他们这里叫“花开箐”,也可叫“花天箐”。

我说:“对了嘛！我一下车就四下看,叫‘花开’的地方没有花呀？(我一指不远的一块地,地里盛开着紫色的白芨花)这花可不能算。这白芨才来多久呀！最多几年吧。”

郑支书说:“这里去年才开始种白芨,是产业扶贫项目托底。老百姓种,政府统筹保底收购。”

我说："花开没见花，叫花开箐也不对呀，这'箐'的意思多指山间的大竹林或树木丛生的山谷，莫非以前哪一年竹林大开花了，就叫花开箐了？"

黄承江老人笑了起来，连连摇手后，他开始娓娓而谈："不是竹子开花了。这得从两百多年前讲起，我们的老祖宗从湄潭迁移过来，走到这里一看，很喜爱这里，就定居了下来。这儿常年雾大，从十月到来年清明这半年里，雾大看不见天，地上也看不远，一天都湿漉漉的。"

我说："这左右都是大峡谷，森林植被又这么茂密，形成了这里独特的气候，雾大是自然现象。看您说了这么多，是不是这花开之名与雾有关呀？"

老人说："是的。老祖宗在这儿上看下看，见到处都雾气腾腾的，有时几个月也见不到天。老祖宗不相信天不在了，有一天他一直往高处爬，想看看老天到底咋样了。他爬到山脊上，选了一棵最大最高的树往上爬，爬到树顶，才看到了天，看见了太阳，天上一片五彩云霞。哟嗬！这里的天是花的。老祖宗回来后逢人便说这里的天是'花天'。反正老祖宗有权威，他说是啥子就是啥子了。"

我说："你们老祖宗还是位民间艺术家哩！看的有意思，说的也有意思。不讲蓝天，只说花天、天花这些的，这太有意思了。从表面看来，无论叫'花开'也好，还是叫'花开箐'也好，谁都会往开花上想。其实不然，看来你们老祖宗是被大雾闷坏了心情，他取名'花开'，并非取自这里有鲜花遍山坡，而是源于这里的大雾。这样看来，与其说是'花开'，不如说是'天开'更准确。天开，对于你们老祖宗来讲,这才是最要紧的,也是他长久盼望的。不过,咱们这里的自然条件就是这样,前面是大峡谷,后面还是大峡谷,水汽从深谷里涌上来,在季风弱的时节,水汽变成了雾就很难散开了。盼望云消雾散,便是大伙的心愿。常年大雾也是这里贫困的因素之一。要改变这样的自然条件是不可能的(我指了指眼前的盘山公路),可有了这一条'天路',你们老祖宗期盼的'天开'就算是'开天'了。这天一开,大伙就好了!"

黄承江老人扬起了笑脸,说:"对,我们现在好了,好了。感谢党中央!感谢习主席!"

在场的人都被黄承江老人的笑感染了,大家在阳光的照耀下显得红光满面。老人说:"到家坐坐喝口水吧。"我们也没客气,就跟随他向他家走去。

坐下来,不仅有茶水,还有鸡蛋汤。大家都围坐在老人家门前的小坝子上,一张小桌放满了茶杯,要喝自取,鸡蛋汤在伙房的锅里,要吃的人,自己拿碗盛。大家边喝茶边聊天。

黄承江老人介绍说,为了给他们修整房屋,帮扶干部不知道费了多少心血,那时候公路不通,为了运沙石修路修房,干部们找了十匹马往这里转运物资,这进山路太陡太险了,真是令人心痛呀!后来累死了一匹马,还摔死了一匹马……

老人唏嘘不已,我也为那些马感到惋惜。

桴焉镇党委书记骆国勇指着一个脸黑黝黝的、眼睛却分外亮晶晶的干部说:"他是这里的作战队员,在这里一百天了。"

一百天了!在这样的地方连续工作一百天没回家!

看着眼前这个叫梁大财的人,敬佩之情油然而生。我来的时间也不短了,他一直在场,可没有讲过一句话。在这种恶劣的工作条件下苦干实干奋战了一百天,没有一句邀功之语,更无抱怨之言。他是共产党员,四十九岁,桴焉镇农业服务中心主任,派驻红岩村的作战队员。

这次来到正安县,我了解到县、镇成立了脱贫攻坚指挥部,县委书记、县长是指挥长,县级领导任乡镇指挥长,乡镇书记任副指挥长,乡镇班子成员为村作战队员。这样强有力的攻坚队伍,使正安县得以在今年年初全面退出贫困。

我问作战队员梁大财:"红岩村已退出了贫困,你咋还在这里?"

他说:"现在是稳固脱贫成果的时期,作战队还要继续作战。"

他说话的声音并不大,在我听来却掷地有声。话说到这里,似乎进行不下去了,我不知道该怎样接话了。安慰的话?赞扬的话?我想对于像他这样的人来讲是多余的,他的行为已告诉了我们,他就是一位攻无不克的战士,而共产党的战士从来都不计个人得失,只要攻坚的号角吹响,他就会义无反顾、勇往直前。

关键之时,刚才我想见的人已走了过来。这人精瘦干练,却长着一脸杂乱的胡须。我赶紧迎过去,难得人家越涧爬坡地跑过来见我。当然要握手,要寒暄了。之后,知道了他叫罗付春,养了十头牛、一百只羊,是个勤劳的致富带头人。他有三个子女,一个是大学生、两个是研究生。

我说:"你老罗不得了呀!"

他笑眯眯地说："感谢党的政策好！"

我拉住他满是茧子的手直摇晃，说："热爱劳动就会致富。"他有些不好意思了，他说："领导，我手脏。"

我说："什么领导？你我认识了，就是兄弟。老哥哪年的？"他说："七二年的。"我说："那我比你大，我叫你小罗兄弟！"

周围的人都笑了。正午的太阳很晒，大家相谈甚欢，没人离开，站着说话也很好。

罗付春到来后，大家又打开了话匣子。

县文联主席马连红说："以前，红岩村的三个村民组，花开组、千年组、大淌组，被老百姓连在一起就是'大淌千年不开花'；脱贫攻坚之后，脱了贫的老百姓又把这三个组名重新排列了一下，就成'花开大淌一千年'了。"

我说："谁说说千年组。"大家七嘴八舌地说开了。

千年组紧邻着花开组，有村民二十七户一百零三人。脱贫攻坚前，仅有一条悬崖峭壁上凿出来的不足三米宽的泥土公路，由于弯急坡陡，又是临崖公路，车辆无法通行，交通不便一直阻碍着人们的生产、生活的发展。千年组的百姓很多年来一直过着肩挑背扛的原生态生活，居住在祖辈留下来的已经破烂不堪的老木屋里。饮用的是小枯井里的水，雨天混浊、旱季干涸。由于交通闭塞，孩子们上学和人们看病就医非常困难。现在已把之前那条两米多宽的泥土路扩挖了，并硬化路面进行通车。全组二十七户通过易地扶贫搬迁两户，通过增减挂钩拆除新建了二十五户，住房安全保障得以全覆盖。从前饮水安全无从谈起，现在新修了一个水池，解决了饮水的安全问题。

千年组为什么叫千年呢?郑兴涛支书说:“据老人讲,这地方古名叫千年坟。黎家的祖先在很久以前到这儿刀耕火种,可能是最早的当家人死了,葬在一个山坡上,垒起了一座大坟。随岁月的流逝,时间长了,干脆就叫这里为千年坟。一代一代叫着,‘坟’字就叫没了。这也是大家良好的愿望。家是‘千年坟’的?到‘千年坟’去?这样听来,无论是住在这里的人,或是准备来这里的人,心里都有些硌硬。所以‘千年坟’只能是故事,千年才是现实。”

千年虽小,在没有拆小村建大村之前,不叫千年村民组,叫千年村或者千年寨。这样叫起来,有内涵、有历史,还颇具神秘色彩。缘此,我更喜欢民间的称呼——千年村、花开箐村。

千年组与花开组一样,背靠着一座很大的山,也是红岩村的深度贫困组。二〇一四年的时候,千年全组二十七户八十三人,其中十四户五十八人是建档立卡贫困户,贫困发生率超过了百分之五十。从数据来看,这个深度贫困组,叫极度贫困组也是确切的。

桴焉镇党委书记骆国勇、镇长陈绪忠连续在花开组和千年组跑了几趟后,几乎夜不能寐。以前只是听说“大淌千年不开花”,一来看到村民的现实生活,他们的心口痛得慌!

当他们裤腿裹着泥巴,第一次走进花开箐,眼前的一切,可以说触目惊心。有房屋,却残破不堪,仿佛一推就要倒塌。户与户之间有小路,泥泞中却见不到脚印。有狗叫却显得有气无力。

首先得找到人吧!沿着狗吠声找一定没错。一片方竹林里先是跑出来几条狗,后又跑来了几个小孩。小孩的脸脏乎乎的,忽闪着好奇的大眼睛看着这些陌生人。

花开,多么富于想象、多么富于诗意的地方,就是这样的吗?确实是这样的！就是眼前这几个“祖国的花朵”,也没有天真烂漫的模样。当他们找到几位衣不蔽体的老人时,骆国勇、陈绪忠就在心里下了决心,无论有多大的困难,无论这骨头有多么难啃,这最后的贫困难题,必须攻克,时限是一百天。

花开箐的年轻人几乎都外出打工了,有能力带走小孩、老人的也尽量带走,留下的几乎都是绝对的贫困户。只有春节,这里才有一些人气,可毕竟过了年大家还得走,花开箐没有生计,养不活一家人呀!

千年组也是如此，十四户贫困户中有十二户是住一级危房的,易地扶贫搬迁是一劳永逸的最好方式。可是,嘴皮都磨破了,只有两户搬到了瑞濠移民安置点。一户五口人,户主叫成云康,上有老人,儿子又是残疾人,种不了地,打不了工,干脆一搬了之,在瑞濠移民安置点还有活路;另一户三口人,户主叫韦济才,单门独院居住在一个叫酸枣树坪的地方。这样的情况不搬,要他脱贫,几乎不可能,就是磨破嘴皮也要劝导他搬迁。虽然故土难离,但他也搬走了。

这剩下的十二户贫困户，任扶贫干部磨破嘴皮也不愿意走。扶贫干部有点想不通,这里有什么值得留恋的?如果不是脱贫攻坚战,谁会到这里来?小偷都不会进来,进来也没什么可偷的,什么都没有。这里夜不闭户、路不拾遗,不是文明程度有多么高,而是因为贫穷。

后来，扶贫干部也理解了他们的苦衷，他们放不下山坡上的祖坟，舍不得村头的百年古树和千年古井。让听惯了狗吠鸡啼、牛叫羊咩的人，让习惯了风啸竹吟、草青花香的人，去他们不熟悉的地方，那么，他们难免会惊慌失措，心中难免不是滋味。

搬迁是脱贫的有效举措，可也不是绝对的方式。可是不管用什么方式、方法，其目的只有一个——以人民为中心。

那么，一切搬迁工作都必须在老百姓自愿的前提下进行。

如果人民群众没有获得感、幸福感，不是笑而是哭了，那我们就对不起党，对不起人民。

在我国的历史上，有无数的搬迁，若不肯背井离乡，就一个个连串绑着走，留下一个至今仍然常用的词"解手"。解手干吗？方便撒尿。

"解手"这两个字，道尽了封建王朝给我们中华民族留下的伤痛。

今天，仅仅贵州一个省，就搬迁了一百八十八万人。我们坚信，历史的记忆中也会留下两个字，那就是人民普遍获益的"小康"。

全面建成小康社会，是中国共产党第一个百年奋斗目标，也是党的标志性成就。相约二〇二〇，我们有决心、有能力打好收官之战，夺取脱贫攻坚战的全面胜利。

贵州省委、省政府把产业扶贫与农业供给侧结构性改革、乡村产业振兴结合起来。二〇一八年初，提出在全省来一场振兴农村经济的深刻的产业革命，加快发展现代山地特色高效农业。

产业扶贫是脱贫攻坚的重中之重，农村产业发展，不仅关系贵州两百八十万贫困农民脱贫，而且关系两千万农民能否走上可持续发展的小康路，是打基础、管长远的重大举措。

时任贵州省委书记的孙志刚同志深刻指出，来一场振兴农村经济的深刻的产业革命，推动产业扶贫和农村产业结构调整取得重大突破，必须把握好贵州农村产业革命“八要素”。

农村产业革命“八要素”，即选择产业、培训农民、技术服务、筹措资金、组织方式、产销对接、利益联结、基层党建，这八个方面缺一不可，是当前全省上下正在如火如荼进行的农业产业革命的必要环节和重要方法，是推进产业革命向纵深发展的实现形式。既是目标任务，也是方法措施。

“八要素”与“三个革命”（即在转变思想观念上来一场革命、在转变产业发展方式上来一场革命、在转变作风上来一场革命）、“五步工作法”（即政策设计、工作部署、干部培训、监督检查、追责问责）形成了指导全省推进农业产业革命的一个完整体系。

有了这样的体系，贵州的深度贫困县正安，正安县的深度贫困乡镇桴焉，桴焉镇的深度贫困村红岩，红岩村三个深度贫困组——花开组、千年组、大淌组，脱贫攻坚取得了累累硕果。

只要人民群众笑了，我们的付出就对了。

骆国勇、陈绪忠回想起那一百天的攻克贫困难题之战，仍然百感交集。省市县镇村五级书记责任制，强化了各级党政一把手负总责的“双组长”责任制，各级负责人都签订了总攻责任状。这种层层压实责任严格考评，层层落实责任严格奖惩，可不是仅仅说说而已，各级党委处理推动脱贫攻坚不力的人和事时，没有姑息，只有严惩不贷。

压力大，没有退路，只有把压力变成动力才是最有效的方法。

桴焉镇是短板中的短板，硬骨头里的硬骨头。“百日攻坚”是军令状，令行而动，容不得有半点迟疑。

于是，拓宽路基、硬化路面、改变人居环境、调整产业结构、优化产业布局，成了向难题发起攻击的有力武器。

骆国勇说：“脱贫攻坚，产业扶贫支撑是关键，结合乡村振兴，花开、千年、大淌这三个深度贫困村的产业布局，是长中短结合，长线产业是方竹种植，现在已经有了一万六千多亩新旧方竹林，这样，老百姓不要说明天，后天的钱都有着落了；而中短线产业是中药材种植和辣椒种植，订单由政府负责，种子由政府提供，技术我们有‘新时代青年农民学校’。这样，今天和明天的钱也有抓摸之处了。还有其他农产品只是受交通制约暂时没有发展起来。现在路通了，回来的人也多了，我们将进行土地优化布局，加快产业结构调整。这块土地适合种植什么我们就引导发展什么。”

花开、大淌、千年地处大娄山腹地，这样的地方，极度美丽是其特征，极度贫困是其特点。如今，特征不变，特点大变。

习近平总书记清楚地表达过生态环境优先的态度：“我们既要绿水青山，也要金山银山。宁要绿水青山，不要金山银山，而且绿水青山就是金山银山。”这一阐述为经济发展划定了生态保护的红线，亮出了中国绿色发展的决心。习近平总书记在贵州调研时强调，要守住发展和生态两条底线。这不仅是对贵州社会经济发展的明确要求,也是对全国各地的殷切希望。

花开、大淌、千年不变的是:守住了绿水青山的基本特征,生态环境持续向好,森林覆盖率达百分之六十三点四,远远高于全国百分之二十二点九六的平均水平,也高于贵州百分之五十八点五的平均水平;大变的是:大力发展山地特色绿色经济,成功地实践了绿水青山就是金山银山的发展道路。

早过了吃饭的时间,也没有饥饿之感,想是青泉安置点吴忠友家甜到心窝的那一口蜂蜜还在起作用。花开人也热情地邀请我们吃了再走。这可不行,时间来不及了。由于这一路与大家谈得太投入,我想走到的地方,还大都未到。

我赶紧与罗付春握手告别,给黄承江这位曾为保卫祖国边疆而光荣负伤的老兵敬了一个军礼, 黄承江老人的回礼比我的标准,七十二岁高龄的他精神矍铄,仍然拥有一名优秀战士的标准姿态。

这时,正好有几个穿着整洁的孩子跑了过来,显然他们是来看热闹的。小男孩在人群里东望望西看看,显得天真活泼,小女孩笑盈盈的,天真无邪。

这时,我感觉心情一下子灿烂了,孩子们的到来,无疑冲淡了离别的伤感。

我不由得愉悦地向孩子们挥手, 转身时我对黄承江老人说:“再见!再见!!再次向老英雄致敬!!!您年轻时保卫祖国,年老时您在呵护花开箐的这些‘祖国的花朵’。”

动容是人心最柔软的良知,再见是人心最美好的愿望!我想,今天的动容一定会成为我心灵深处最美好的记忆，而美好的记忆总是会催促我们——明日重见。什么时候再一次见到花开箐？那么就让美好的愿望像美酒一样越久越醇，一旦开启，必将芳香四溢。

我坚信会有这一天。

我们到大淌组的时候已经下午两点，有人说时间不够了，在车上看看就行了，反正花开、大淌、千年都差不多。我说既来之，则安之，车都到大淌了，不下车看看，不算来过。

一下车，遇到一个可爱的小姑娘，非常乖巧地跟我打招呼。她说："伯伯好！到家喝杯水！"

我说："你家在哪里？"她手一指，正是我们停车的地方。这时，正好大淌村民组组长罗德斌也走了过来。我对小姑娘说："咱到罗伯伯家坐坐。"她大方地接受了邀请。

据罗德斌介绍，大淌组有村民三十八户一百六十六人，其中贫困户十七户八十四人。原来，村民们靠人力开挖出来的一条两米多宽的泥巴公路被洪水冲毁，多处垮塌，阻断了人们的出行，将这里的人们封锁在大山里，过着肩挑背扛的原始生活，人们居住的是前辈遗留下来的破旧木瓦房，行走的是臭气熏天的泥泞小道，随处可见的猪粪牛粪让人恶心，饮用的是小水井的水，极不卫生且无保障，特别是孩子上学、人们看病就医极不方便。之前没有公路，现在已扩挖、硬化公路八千三百米，已覆盖所有农户。通过易地扶贫搬迁八户、危房改造九户以及人居环境改造二十一户，住房保障已全覆盖。之前无安全饮水，通过新建水池一口，现在饮水安全问题已经得到彻底解决。

罗德斌的家早已搬到了县城的瑞濠移民安置点，自从大淌组被列入脱贫百日攻坚战的目标后，村民们邀请他这位老村民组长回来坐镇，他们信任老组长，扶贫攻坚队也信任他。

罗德斌的兄弟外出打工了，他就住在兄弟的房屋里。我们此时就坐在院子里，一边喝茶一边聊天。听说我是作家，他手一指小姑娘，说："我们这里也有个小作家，喜欢写作文。"

我对小姑娘说："你的作文拿来我看看。"她说："好的。"随后飞快向家跑去。

小姑娘叫罗欢欢，父亲母亲都外出打工去了，爷爷带着她们姐妹俩，她是老大，今年读小学五年级了。村里人都说这孩子特别懂事，除了上学，还帮爷爷干活，照顾妹妹。

看了她的作文，我很惊讶！这篇作文不长，但字里行间无不透露着她质朴的感恩之情。她在作文最后写道："等我长大后，我会好好报答你们。"

这个"你们"，当然是指脱贫攻坚的队员们。可以想象，自脱贫攻坚以来，她目睹了这里发生的一切，而这个翻天覆地的变化，对她幼小的心灵产生了不可磨灭的影响。这样的影响，无疑会伴随她的一生。在她漫长的人生道路上，可能遇见这样或那样的坎坷，而这些坎坷绝不会成为不可逾越的鸿沟，她会像一位优秀的战士一样，百折不挠、勇往直前。我从她稚嫩而充满真情的作文中，体会到了一个小孩子发自内心深处的那种纯真。在她这样的年纪，我也有过这样的纯真。纯真的誓言，今天仍然是我不可忘却、身体力行的动力。我与她一样，在各自年幼的时代所看到的英雄群像，赋予了我们理想主义的情怀，并持之以恒、坚定不移。

这是一个英雄辈出的时代，那些在脱贫攻坚一线默默无闻、无怨无悔的英雄，构筑了这个伟大时代、伟大工程的精神丰碑。这样的丰碑，在老百姓扬起的笑脸中熠熠生辉，让共产党人的形象光彩夺目。

无数事实告诫我们，最接近目标的时候，往往也是困难最大、风险最高、挑战最多的时候，稍有松劲懈怠或应对失措，就有可能功亏一篑甚至酿成败局。我们要始终牢记，按时高质量打赢脱贫攻坚战，与全国同步建成全面小康社会，是我们向党中央和全省人民做出的庄严承诺，是重大的政治责任，是光荣的历史使命，无论遇到什么情况都丝毫不能动摇，不能打任何折扣！我们已经付出巨大努力，我们必须继续付出努力，不获全胜绝不收兵！

在贵州八十八个县市区中有六十六个贫困县，目前，还有九个深度贫困县还未摘掉绝对贫困的帽子，这是贵州脱贫攻坚最后的难题，将在二〇二〇年十月迎来最后的第三方评估、验收。

时任贵州省委书记的孙志刚同志在二〇二〇年省委十二届七次会议第一次全体会议上讲道："我们深切感受到，现在我们比历史上任何时候都更接近、更有能力彻底撕掉贵州千百年来绝对贫困的标签。"这句话的分量和自信，感染了在场的所有人，它表达了四千万贵州人民感党恩、颂党情，坚定不移听党话、跟党走的决心，奏响了脱贫攻坚主战场的新时代贵州"牢记嘱托，感恩奋进"的最强音。

党的十八大以来，习近平总书记从战略和全局的高度对打好脱贫攻坚战做出一系列重要指示，亲自指挥、亲自部署，推动脱贫攻坚取得了历史性成就，书写了人类减贫史上的中国奇迹。

二〇二〇年是实现“两个一百年”奋斗目标的历史交汇点，全国人民为之奋斗多年的脱贫攻坚、全面小康目标即将实现，这是激动人心的、具有里程碑意义的重要历史时刻。这场伟大战役的胜利，必将光照千秋！中国人民也必将有这样的豪情，站在实现第一个一百年奋斗目标的历史制高点上，俯瞰大地山川，心中不禁喊出——江山如此多娇！

主要参考文献

1.《法治政府创建应知应会手册》,来源:毕节市人民政府网 2019 年 12 月 2 日。

2.《习近平:确保农村贫困人口到 2020 年如期脱贫》,来源:新华网 2015 年 6 月 19 日。

3.《拥抱新时代　担当新使命——习近平参加党的十九大贵州省代表团审议侧记》,来源:新华网 2017 年 10 月 19 日。

4.《习近平的老区情怀:把扶贫工作锲而不舍抓下去》,来源:中国共产党新闻网 2016 年 5 月 3 日。

5.《习近平考察贵州:政策好不好 要看乡亲们是哭还是笑》,来源:新华网 2015 年 6 月 17 日。

6.《习近平在参加党的十九大贵州省代表团讨论时强调　万众一心开拓进取把新时代中国特色社会主义推向前进》,来源:新华网 2017 年 10 月 19 日。

7.《习近平贵州考察抗灾:把以人为本要求落到实处》,来源:中国政府网 2008 年 2 月 1 日。

8.《万山区: 绿色发展走新路　汞都转型奔小康》, 来源:《贵州日报》2017 年 10 月 18 日。

9.《习近平的扶贫故事》,来源:《人民日报》2020 年 5 月 20 日。

10.《习近平参加贵州团审议时强调:扶贫开发　抓紧抓紧再抓紧　做实做实再做实》,来源:人民网 2014 年 3 月 8 日。

11.《习近平关于社会主义社会建设论述摘编》, 中央文献出版社 2017 年版。

12.《习近平在贵州调研时强调:看清形势适应趋势发挥优势　善于运用辩证思维谋划发展》,来源:人民网 2015 年 6 月 19 日。

13.《习近平重要论述学习笔记》,人民出版社 2014 年版。

14.《习近平:在决战决胜脱贫攻坚座谈会上的讲话》,来源:新华网 2020 年 3 月 6 日。

15.《习近平总书记系列重要讲话读本(2016 年版)》, 学习出版社、人民出版社 2016 年版。

16.《深度贫困地区脱贫攻坚须下真功苦功》，来源：《光明日报》2020 年 6 月 5 日。

17.《习近平总书记系列重要讲话读本》，学习出版社、人民出版社 2014 年版。

18.《坚守两条底线　实施两大战略》，来源：人民网 2016 年 3 月 7 日。